제 1 부

징 조

김선규 시집

어머니

김선규시집

어 머 니

차   례

2

제 4 부 섬그늘

제 5 부 자주감자꽃

제 6 부 나들이

제 7 부 물살의 노래

풍장 길

어제꺼정 긴 장마로 구죽죽하더니
비 개면 으레 햇빛이 저렇게 맑은 걸까.
이런 날은 가슴 어디쯤 풀릴 법 하련만
죽은 남편 뼈를 빻아 아들 시켜 뿌리는
이 심정 암만해도 가탈스럽다.
생각하면 육이오 끝 무렵 당신은 죽어
봄 오기 전 남의 산에 서럽게 묻혔더니
사십년 지난 이제서야 제자리 찾은 건지.
살아남은 내 나이는 칠십 고개를 넘어
바람이든 서리든 알 거 알았으나
벗을 거 다 벗고 미련 둘 일 읎으나
왜 이리 편치 않을까 궂은 심사 생길까.
오호, 남들 겪는 세상 별스럴 거 아녀도
아기둥바기둥 궁터듬었던
서해바다 이 물살은 여전히 아프다.
저쪽으로 가면 남쪽 피난땅 충청도 명천.
올라가면 황해도라 우리 살던 수래포지만
이렇게 맑은 날에도 그것들은 설워
보이질 않누나 하늘 끝만 능청스럽고,

꿈일까, 남편 유해 날아간 수평선에서
가물가물 떠오는 식구들 탄 배 하나.

대 부 도

그때가 그러니께 오십이년 양력 시월.
무 배추 거의 걷고 벼농사 이미 끝나
보는 데마다 허전한 상강 된가 전인가
남편서껀 식솔 끌고 대부도 땅 밟았지.
이장집 사랑채에 피난 보따리 풀고
행길 건너 허리 세우니 섬창이 가깝다.
저 밀물 든 바다는 아까 왔던 길.
영흥도에서 나룻배 타고 썰물 기다렸다가
버린 선재도가 해거름에 희미하다.
을마나 있게 되나 대부도에서는
머문 곳마다 일 년 못 채우고 숨차게 돌았어.
수래포에서 배를 타고 증산에서는 이틀
용매에서는 이래저래 닷새 있었을까.
이 년 넘는 피난길 열 군데 넘겠거니,
앞날 생각에 오늘밤 잠은 잘 올지.
내일은 무논에 살얼음 얼겠네.
총소리 대포소리 끊겨 우리 집 갈 때까지
움막이나 어서 짓고 부뚜막 세워
당장 닥칠 동장군 견딜 준비 해야지.

어　　귀

선잠 몇번 달아나 방문 열고 나서니
봉당에 선 배나무에 뿌연 아침 걸렸다.
대문 열고 마당에 서서 둘러본 산과 하늘
어제나 다름없이 무심하고 낯설다.
남새밭 질러 수숫다발 세운 수수밭 밟다가
건드린 늙은 비름풀에서 부서지는 된서리
영흥 시누도 오늘부턴 추위를 맞겠구나.
땅마지기 시원찮아 바지락이나 캐겠는데,
이러구저러구 도울 요량 막막해서
우리 식구 게서 떠난 건 서로 편한 일일세.
동네 밖 저 너머는 면내요 나룻께라지.
생애가 웬수라 내 남편 바리깡 들고
오고 가는 뱃손님 머리 이젠 예서 깎겠다.
눈 비비고 동트는 등성이 멀거니 쳐다보고
수수밭 되밟다가 동네 어귀를 또 보고.

송   말

복돌이라는 이장님 고맙고 고맙다.
적수공권 내 남편 은제 적부터 봤다고
햅쌀 두 말 척 내줄 줄 생각이나 했는가.
같은 김해김씨에 파가 같아 그런다더라도
뽑다 둔 남새밭 무까지 피난민 줬어.
올 겨울은 꿈같은 김장도 하겠네.
굴밭 나가 굴 쪼을 힘 저절로 생긴다.
건넛집 전우창 또한 고맙고 고마울 따름
모친 성씨 우리 시어무니와 한가지라더니
두껍산 잎나무 뜯어다 한추위 나래.
우리 시어무니 종씨 생겨 기운 나시겠다.
송말 인심 야박할까 지레 맘 졸였는데
살 곳 찾아다니며 믿음만큼 안 뺏겨
도와주는 이들을 내 남편은 여럿 뒀네.
이장집 여편네가 건네는 풍구를 돌려
참 오랜만에 지어보는 기름진 아침밥.

돌 담 불

오늘은 세상 읊어도 서까래 전부 얹고
하늘 가린 지붕서 발 뻗고 자야겠다.
사흘 내리 춥던 날씨 겨우 풀렸고
더 추울 소설 코앞이니 어서 끝내야지.
흙 나르는 첫째 아들은 올해 열두살
막내 시누와 잘 다투더니 이즈막 철들었나
손발 저리 맞으니께 고모 흙 개기 쉬운 걸.
아무렴, 황해도에 멀쩡한 내 집 두고
넋 빠져 헤매는 동안 집다운 집 읊었어.
덕적 교동 인천 명천, 어디로든 쫓겨갔지만
천막 하나 달랑 치고 갯바람만 맞았지.
돌담불 가지밭은 집터로 제격이구나
전우창한테 읊은 볏짚더미에 진득이 갇혀
이엉 트는 시어무니 손 빨라지셨어.
앞 도랑 그예 얼어 물은 그냥 칼날이래도
진흙 쌓는 남편 얼굴에 흐르는 땀방울.

가　족

방 하나 만들고 부엌 만들어 솥 걸고
불피운 아궁이 속에서 솔가지 타네.
이만하면 되었다 집 뒤로 돌아가
피어오르는 굴뚝 연기를 한참 쳐다본다.
남의 집 신세 열흘이면 길고 길었지
장판지는 못 깔았지만 오늘부턴 예서 자자.
집 앞으로 다시 돌아가 용마루 훑어보고
남편서껀 식구들, 방에 들어앉았다.
아들 셋에 시누이꺼정 모두 일곱 명
고구마 삶아 먹으면서 유성기를 틀었어.
옹진군 봉귀면 죽교리는 우리네 고향
거기 있을 때 산 유성기 둘은 버리지 않고
신주 모시듯 남편은 가지고 내려왔지.
그러고 보면 저 소리는 유일한 낙이었나봐.
연평도 집 떠내려갔어도 저 노래 들었거든.
참으로 암담했던 그 섬의 해일 아니래도
산 사람 어렵사리 흘러 이렇게 앉았구나.
밤 깊어 점점 수상쩍은 행길의 바람.
내일은 장판 바르고 선반 만들고
눈비 가릴 뒷간을 마저 세워야 한다.

16

소   식

민적 넣으러 갔던 남편 기분이 왜 저래.
면서기한테 막걸리 읃어마시고 말 많아졌어.
감리교 신자란 건 관두더라도
매사 진중한 양반이 무슨 일에 떠벌이 됐나.
아득한 날 기다려 뭘 해 예서 살자는 걸 보면
아마도 좋은 얘긴 오가지 못한 것 같고,
필시 답답한 시국 소식 듣고 심란스런 게야.
지나온 고생길 지칠만도 하겠지만,
예서 뿌리박자니께 내 기분도 어수선해.
고향땅 옹진을 광복되던 해에 떠난 이후
수래포선 이발소 채려 농삿땅 좀 모았는데
그것들 다 잊고 그냥 주저앉잰다.
그것도 그렇지만 친정집은 어찌 됐을까.
남편 따라 시집온 지 어언 십육년
김씨 문중 귀신 되느라 친부모 걱정 못했어.
폭격에 덜컥 맞아 저승이나 안 가셨는지.

징   조

총 멘 군인이 버섯산 내려와 보리밭 밟고
돌담불 찾을 때는 섬창으로 해 지고 있었어.
그 사람 처음 본 건 잎나무 하던 큰아들.
이즈막 대부도는 군인 보기 쉽지 않은데
웬일로 우린가 했더니 시숙 잡으러 왔대.
지난해 유월 영장 받고 군대 간 건 알지만
무엇을 못 견뎌 큰일날 짓 했는가.
이러나저러나 난생 처음 듣는 탈영이란 말.
믿을 거 읎다고 생각됐는지 담배 한대 피우고
거수경례한 그 군인 그날은 그냥 갔어.
구국장년대에 있었던 남편 이력 믿었을 테고
논어 맹자 잘 알아 한문 가르친 덕분에
소문나기 시작한 마을 인심까지 한몫한 걸까.
그렇다 한들 이 무슨 해괴한 벼락이냐.
총 메고 모자 쓰고 군화 신은 중사 계급장.
밀물 든 섬창 바다에 배 띄워놓았는가,
그리로 멀어지는 뒷모습 여간 의심쩍잖아.

제 2 부

그 믐

선 착 장

사단 참 얄궂지 군인 왔다 간 이틀 후
도망쳤다는 시동생 나타나 내 남편을 졸랐어.
자기 대신 잡혀가주면 조카들을 맡겠대나.
남편 중말 잡혀간 날은 스무아흐렛날
시동생이 왔다 가고 사흘 지난 음력 동짓달.
느리로 나가 시어무니서껀 파래 뜯던 나는
달려와 일러준 봉자네 올케 손가락 좇아
뛰고 또 달려 선착장 도착을 했지.
굴밭에서 선착장까지는 곧장 이십리.
그새 사람 잡아간 배는 바다 멀리 떠서
외친들 소용없는 짓, 우두망찰 섰기만 했네.
뛰느라 벗어 들었던 고무신 고쳐 신고
아주까리밭 근처서 만난 눈송이 하얗게 쓰고
돌담불 집 돌아왔을 때는 불켜진 밤중.
방구석에는 이발 도구만 가지런히 있었어.

풀 메 기

풀메기 입구가 더 좁아진 듯하구나.
막내시누에게 건네준 그 군인 얘기로는
한 사나흘 조사 받으면 될 거라 했는데
나뭇짐 해올 때마다 굴 쪼아 올 때마다
눈빠지게 저길 보지만 끌려간 사람 안 와.
지은 죄 없어 한사코 믿는 거지만
뒤집힌 세상 아니냐 좌불안 여전하다.
전쟁 한창 때 도망병은 즉결 총살당했다지
그런 죄 아녀도 억울한 경우 을마나 많더냐.
거친 물살에 휩쓸리면 용빼는 재주 힘든데
그 물살 어쩌겠다고 얌전한 남편 채갔나.
오늘은 해 바뀌고 열흘 훨씬 넘은 열몇새.
터벅터벅 길 걸어 풀메기 밖 훑어보고
재길네 밭 기웃거려 무시래기만 주워왔다.

토담 볕

아무리 고쳐먹어봐도 괘씸타 동서란 여자.
즈이 남편 무슨 짓 한지 뻔히 알았으면서
자수시킬 생각 않고 우리 집 고해바쳤어.
웬일로 충청도 살다 인천으로 왔나 싶더니
그게 다 서방 따라 도망하느라 그랬던 거야.
대부도땅 밟은 걸 인천 당숙이 알므로
김씨 문중 그렁저렁 안부 잇고 지냈는데
그 소식 당숙께 들어됐다가 군인 오게 했겠다.
다락 속에 숨은 즈이 남편은 귀한 줄 알고
시아주버니 죽고 살고는 안중에 읎었네.
시숙인지 시동생인지는 또 으떤 위인
피난지 용매에서 우리 식구 날라다 놓고
못 보던 각시 보여주더니 탈영할 만큼 보고팠나.
서산서 인천 오가는 통통배 선원 하다가
형님 식구 형님께 찾아준 건 고맙지마는
한 개 틀려 내보이면 열 안다네 참 못난이.
토담 밑은 볕들어 따뜻은 한데……
이 생각 저 걱정 종일 했더니 기운 빠졌다.

22

마 중

남편 마침내 돌아온 날은 음력 섣달 그믐.
손꼽아 세던 날짜 이미 어질러진 날.
왔구나 오시는구나 줄달음해 섬창 못 미쳐서
부축해온 양반 그러나 예전 모습 아닐세.
을마나 맞았길래 모질게 당했길래
등가죽 상처 끔찍할까 정신꺼정 오락가락할까.
자리 펴 환자 뉘고 부엌으로 나가서
미음 쑬 거리 찾고 있었더니 눈물부터 흘렀다.
자랑할 처지 못되나 똑똑한 경우로 삼자면
남들게 지지 않았다 어진 덕 또한 그랬는데
저렇게 병 들어 새끼들 구별 못하누나.
영민했던 눈 모다 잃고 촛점을 잃고
좀처럼 않던 과거지사를 들추고 있구나.
지지리 힘들었던 그런 날들 앞장서 버리고
막히면 돌고 얕은 물은 그대로 건너
어느 때든 흔들리잖고 식솔 챙긴 거 잊었어.

그 믐

유난히 추운 날, 등잔불이 밤새 탔다.
칼날 같은 바람이 바깥 문고리를 흔들었지.
막내는 일찌감치 고구마 자루 곁에 쓰러졌는데
막내 시누는 잠자리를 새로 봐주지 않고
뒷간 뒤로 들락거리는 짓을 이따금 했어.
거기서 나온 시누의 얼굴은 눈물로 부어 있었고.
내 남편 결국 이대로 이렇게 쓰러지는가.
속절없이 보름만에 저 세상 그예 가는가.
밤 깊어지자 죽는 사람 시간 가는 거 묻누나.
애들 두고 먼저 간다는 말, 끝에 섞였지만
감춘 울음을 시어무니는 보이질 않았네.
머리 잘린 우창네 수수밭은 우수수 우는데
인기척 있을 적마다 짖던 바우네 개 소리는
아침이 되도록 한번도 들리지 않았어.

무덤 주변

바구리산 오르는 길 도무지 생시 같지 않네.
필시 먼 땅 버려진 한데 딛는 거 같아서
필경 꿈이지 못된 꿈에 잡힌 거 같아서
뿌리쳤더니 꽁꽁 언 섬창 바다 코앞에 앉았다.
결국 여기 주무실 거냐 야멸친 바다나 보며.
끝내 사별이냐 혼자 가시느냐 지어미 버리고.
깜깜절벽 차가운 땅속을 무엇이 바빠
서른네 해 나이 시작에 내 집으로 삼으셨나.
당신 여전히 산 것 같아 주무시는 것 같아
새벽 잠 없는 막내놈이 당신 몸 흔들었을 때
배 위에 올라 춤추며 깨울 때 나도 혹시 했는데
겨우 사흘 꼼짝 않다가 한마디 않다가
앞날 끊고 식구들 끊고 증말 흙에 묻혔구나.
바구리산 떡갈나무야 이제부터 새 식구냐.
걸친 거 없는 도토리나무가 겨우 당신 식솔이냐.
무덤 보며 떨고 선 저것들 가족 닮아 더 아파
예까지 따라온 둘째 녀석 우는 것조차 싫구나.

피   난

육이오 터진 그 여름 가족 모두 이끌고
남편은 덕적으로 피난을 했지.
맥아더 와서 북진할 때 따라 올라갔다가
중공군 재침 때는 남편만 교동으로 내려갔어.
밀고 밀리는 전쟁이 으떻게 될른지 몰라
젊은 남자들 잡아가는 지방 빨갱이 일단 피해
우리 집 다시 오겠지 믿고 임시로 피했던 것.

남은 식구들 내가 끌고 내려온 건
북송당하는 주민들 틈에 끼였던 때.
메밀밭 돌보고 오겠다며 빠져나온, 그 길로
밤길 도와 증산으로 줄행랑했던 것이네.
증산에선 다시금 청방대원들 도움을 받아
반이섬으로 옮겼다가 거기서 또 용매로 갔어.
북쪽 피난민 까맣게 모인 섬에 대기하면서
목포 군산으로 나눠 탈 배를 기다렸는데
증산서부터 우릴 도운 순식이 오춘,
청방대원 그 오춘은 목포 군산은 제쳐놓고
내 남편 동생 배 불러 인천으로 실어보냈지.

해방 전 매국노 딸 건드려 재판 세 번 받고
그 덕에 김씨 가문 몰락케 한 시동생.
알거지로 고향 죽교리서는 살 수가 없어
연평도로 이주했다가 해일을 당하고
수래포 새로 밟을 때 혼자 남쪽 내려가더니,
선원 되어 난리통에 내 남편 만나게 했더구나.
교동에선 김포로 김포에선 인천 와서
식구들과 합류한 남편, 시동생 사는 데로 가
구국장년대 활동 하다가 영흥도 건넌 거야.

오호, 숨가쁜 피난 그렇게 하다 대부도에서
지아비 잃고 이렇게 나는 버려져 있구나.

따 라 지

이놈의 돌담불 동네 토박이들 냉담하다.
문풍지 웅웅 우는 소리만 나는 듣고 앉았어.
친절하던 복돌이, 전우창도 무슨 생각 했는지
어제 같지 않은 태도 보건대 우린 얕잡혔다.
홍성리란 델 가면 이북 사람들 산다 했지.
거기로나 갈까 그러면 거긴 어디쯤일까.
우리처럼 따라지 신세인 그들과 어울리며
옹진땅에 두고 온 친정집 소문 줍고 싶은데
왜 여기서 움직이지 못하나 무서움 더하면서
꽁꽁 언 무밭엔 주울 시래기도 안 뵈
동네애들과 어울리지 못하는 둘째 애를 찾아
조개더미 돌다 한참 쳐다본 오막살이집.

조각달과 신발

지난밤 잠속에서 삼형제를 보았지.
얼음장 깨져 물속에서 쩔쩔매는 어린것들.
맘 졸이며 악쓴 끝에 물리친 꿈자리.
느이들은 이것 모르고 세상없이 자는데
식은땀과 싸우는 날이 나는 많아졌구나.
아느냐 너석들아 애비 살았을 적에는
어미도 그럴싸한 꿈 심심찮게 꾸었다.
으떤 날은 그 뭐라는 강으로 애들처럼 나가
배를 타고 수래포 꿈꾸듯 갔단다.
아아 그날은 봄이었나봐 사과꽃 많이 피어
물길 따라 아주 곱게 널려 있던 것인데
엊저녁 나쁜 꿈은 증말 이상타 불안해서
문 열고 무심코 내다본 댓돌 밑으로
뒹굴다가 얼어붙은 느이들 허기진 신발짝.
앞산마저 턱 막고 앞산에 조각달 떴어.

능　선

죽은 사람 편히 누울 관도 마련 못하고
가마니때기로 둘둘 말아 지게에 얹고
봉자 아부지 그 지게 지고 오르던 바구리.

똑똑한 양반 영민한 놈들 다 죽어버리고
김해김씨 문중 드디어 껍데기만 남았구나,
그렇게 가슴 쳤던 당숙이 무덤 팠던 저 산.

그 당숙에게 오뉴월 개처럼 읃어맞고서
기죽어 지게 뒤를 따르던 시동생 뒤를
연평 시누 영흥 시누 막내 시누가 울던 산.

오냐, 저 산 오르던 동기간 이제 살 곳 갔고
오냐, 저 능선 이제 하늘만 피어,
나 또한 일어서야 하는데 살아야 하는데.

제 3 부

벼룻길

오   월

구호미 떨어져버린 지 여러 날 되었다.
그동안 남편과 친했던 면서기 춘봉이
그 사람이 힘써줘서 구제 이름에 올라
그렁저렁 숟갈 떠넣었더니, 인전 안 준다.
듣기로는 당분간 배급 읎을 거라지만
맨손뿐인 경우 생각하고 그런 건지.
그러고 보니께 요즘 돌아가는 세상 전과 달라.
대포 소리 아주 끊기고 마을은 조용하고,
또 들리는 소문으론 난리는 안 날 거라네.
듣던 중 안심할 말이나 그걸 어찌 믿어.
나랏님인지는 시방 뭘 하고 계시나
궁금한 거 알려줘서 안될 사정 많다……
아서라, 목숨 이을 짓 당장 중하다.
있는 집이야 가을걷이 때꺼정 걱정 않지만
순옥이, 구칠이네, 곡식 일찍 떨어져
보리밭에 노는 나비 구경하며 저렇게 섰다.
우리 식구 살림 하물며 꺼낸들 뭐해.
쳐다볼 논배미 손바닥만한 보리밭도 읎어
다닥냉이 캐다가 연명할 참인 걸.

그런 걸로 맛나고 배부를 턱 있을까만
막내가 끝내 안 먹고 비실비실 저런다.

진 통 제

사진사네서 어렵게 읁은 보리쌀 한 되.
그걸로 미음 만들어 멀겋게 만들어
막내 허기 근근히 달랬지만 둘째가 탈 났다.
명아주잎 찢어서 끓여 먹인 속에
독기가 숨었던 걸까 그건 아닐 게다.
뱃속에 곡기 안 넣으면 장사도 맥 못 추는 걸
몇날 연달아 구경 못하더니 온몸이 부었어.
가뜩이나 약한 것 삼형제 중 제일 잦은 병치레.
죽교리 놋바위 살 때 큰놈은 마마를 앓고
막내는 갓난애 때 이질 앓았지만 살았지.
덕적도로 피난해서는 니가 볼거리 앓아
곧 죽을 거 진통제 먹여 어찌어찌 살렸거니,
그 진통제도 지금 읁구나 그거 가지고 낫지 못할
영양실조 걸렸어 풀물 넘기다 병 불렀네.
내 나이 열여덟에 첫애 낳아 금방 죽이고
큰애 동생 순녀꺼정 어렵잖게 죽였다.
죽을 것들 이제 다 죽었으니 아프지 말아라.
애비 죽어 묻힐 때 유독 서럽게 울던 것,
니놈만큼은 어떻게든 살아남아야 한다.

고   개

분지천 의원집은 왕복 삼십리.
해거름 되기 전에 그곳을 걸어
애 봐주고 밥 얻어먹는 막내 시누에게서
흰쌀 두어 주먹 몰래 받아 나서든 날.
대문 밖에서 마주친 주인 아낙이
업혀 잠든 막내를 무 뽑듯,
무심코 뽑아 안고 얼렀어.
그 결에 주르르 쏟아진 포대기 속의 쌀.
막내 시누의 질린 얼굴……
돌담불집 사정 아는데 마침 잘 왔수.
사랑채로 들었다 나온 아낙이 거뜬히 주는
좁쌀 한 되를 덤으로 받았으나
상동 어귀를 못 미처 주저앉았다.
내일 아침은 둘째 녀석 귀빠진 날.
쌀밥에 나물국은 먹이겠지만
내 집이 보이는 언덕을 휘청 내려서며
죽어버린 남편 욕을 저절로 했다.

휴전 직후

무논에 심은 벼들이 누렇게 말라간다.
논바닥 쩍쩍 갈라지고 벼꽃은 아직 안 피고
물이 귀한 산비탈 벼는 거의 말라 죽었다.
이렇게 계속되면 일년 농사 망치겠다.
전쟁은 끝나서 삼팔선에 휴전선 생겨서
돌아갈 곳 못 가는 신세 참 막막한 신세.
반평생 지나는 동안 체념만 늘어
미련도 안타까움도 점점 죽고 또 죽어
이 마당에 새끼들과 살아갈 궁리나 하는 건데
이렇게 되면 가을 품 자주 읊을까보다.
버섯산 계곡도 이미 물소리 끊기고
하늘엔 잠자리 저렇게 많이 날고,
섬창 모래밭의 갯명감꽃만 흐드러졌다.
갯것잡이까지 시원찮아 선재띠를 거쳐
사매기 뻘밭 뒤졌지만 먼 파도 넋놓고 보고
기파래 두어 가닥 걷다 만난 해파리떼.

모 싯 대

가늘고 약한 우리끼리 무슨 힘 될까.
이 여름 산에서는 물오른 새소리.
그 산에 질펀한 나무숲 잔치.
계곡에선 깊은 소리 저렇게 퍼졌는데
그것들 틈자리에, 그늘에 자라
실 같은 모가지를 가누지 못하누나.
팔다리 허리 어디든 당차지 못하여
그렇게 있다가 시들어 사라져도
시절은 아무 일 없는 듯 그냥 지나겠지.
산과 산은 저것 봐 자꾸 재미나지는데
든든한 얘기 하나 듣지 못하고
머리만 여럿 달려 무거운 우리끼리
이렇게 앉아 마주 본들 무슨 힘 될까.

고욤나무 지나서

이북 어디로, 동향이라는 일구란 사람.
내 남편 병들어 누운 후로 침 놓아주고
죽을 시간 예고해낸 그 사람, 남편 친구.
고아원에 애들 보내란 말 은젠가 했다.
그 말 생각나 입술 굳게 닫은 채 일어선 한낮
새끼 둘을 앞세워 풀메기 언덕 넘었어.
울타리 너머 고욤나무에 고욤 많은 마을 지나
논밭을 거쳐 도착한 그곳 담장에 기대
부신 햇살 쬐고 있었더니 눈물 쏟아지드라.
미쳤구나 나는, 소스라쳐 정신차렸을 때는
엉겨붙은 첫째의 손을 문득 쥔 연후.
두 녀석 까부는 짓 어르며, 휘청거리며
다시금 고욤나무 지날 때 똑똑히 고욤을 봤다.
잘디잔 저것들 가지에 다닥다닥 붙었으나
나무 줄기는 끄떡 않고 올차게 섰구나.
아들 셋에 시어무니 챙기지 못하는 청상을
하소연한들 너는 을마나 이해할까.
아득하게 갔던 신작로 돌아 산나무 뜯어
두껍산 능선 내려올 때는 노을 든 저녁.

벼 룻 길

이 길 다 걸어 죽는 곳에 이르기까지
나는 으떤 모양 하나 가질 수 있을까.
꺾이지 않으려는 의지는 저렇게 바위가 되고
외치고 싶은 말은 하늘 향해 나무가 되었으나
생각할수록 한평생 견딜 일 쉽지 않겠다.
가다간 생각 놓고 핀 뭉게구름처럼
부푼 노래 몇마디 부르기는 했어도
어제 분 바람과 오늘 오른 해가 이렇게 달라.
이기지 못할 일 두려워할 일 따져보면 읊어
그냥저냥 그것들과 어울릴 것이지만
동여맨 핏줄과 인연만큼은 너무 무겁고 아파라.
끝끝내 견딘 의지는 떠올라 종다리 되고
더러는 솔새 되어 꿈꺼정 아기자기한데
나는 가파른 이 길 어디로 내려간 다음에야
저렇게 태연자약한 망초꽃 한 개 될까.

손 바 닥

어느 만큼의 힘이 내 등을 밀고 있느냐.
손바닥에 찍힌 강 끝까지 가려고
지금껏 가진 생각들은 옳았던 것이냐.
중심을 가르며 흐른 이 손금 끝에
나는 무엇을 준비해두었나 마련해두었나.
거기서는 편안하게 살아도 되느냐.
손바닥에 찍힌 손바닥에 흐른
기죽은 목숨아 강줄기야 기죽을 때마다
나는 손뼉을 쳤느냐, 을마나 쳤느냐.
불안코 답답해 저쪽으로 보낸 기별에
돌아온 대답은 어땠느냐 든든했느냐.
손뼉 소리 쩔렁 떨어져 그냥 떨어져
속절없이 맥없이 사라져버리진 않았느냐.

초저녁 별

잎나무 하려다 나부랑골 홀린 듯 내려와
발 끝에 챈 노간주나무 자르며 벼랑을 보네.
칡넝쿨 얼기설기 얽힌 이 낭떠러지를
그대로 내려서면 해거름 앉은 바위밭이다.
바위너설 걸어 산모퉁이 돌면 밀물 든 바다.
그 바다 건너서 저편 어디서든 자고 싶구나.
속 모르는 사람들에게 얕잡힌 우리 집 잊고
희망 없는 홍성리 피난민과 섞일 미련 잊고……
황해도 땅은 예서 한 천리쯤 되겠느냐.
멀든 가깝든 발길 동강나 딱 끊긴 길.
이 절벽 저 절벽, 목숨 질길수록 절벽만 깊어
기운 빠져 진정으로 살아가기 섧구나.
아아 그래, 세상사 기쁨 시름 전부 떨쳐버리고
이대로 내려앉아 이승 뜨고 싶은데
고향이든 타관이든 싫어 떠나고 싶은데
짓궂어라 저 초저녁 별, 왜 나를 자꾸 보누.

늦비 온 뒤

뽑힌 풀이 나무 허리 잡고 버둥대고 있다.
떠내려가지 않으려고 기를 쓰고 있다.
오늘은 그다지 세차지 않아
그렁저렁 이 물 흐름 견딜 것 같으나
뿌리 뽑힌 힘으론 벅찬 일이다.
그 곁에 또아리 튼 잘 안 보이는 여울.
저러다 큰물 들면 지친 노력은 소용없지.
여울은 여울대로 큰물은 큰물대로
을마나 모진 힘을 갖고 있느냐.
모르는 바 아니지만 그날이 오더라도
대체 이 물 흘러 어디 가는지 두려워,
그보다 의지 하나만큼은 휩쓸릴 수 없어
붙든 나무 꼭 붙들고 궁리하고 있느냐.
소루쟁이도 뽑혀 내려와 단단히 매달렸다.

찬 하늘

수확 끝난 밭에 쭈그려앉아 배춧잎 줍고
애들 깎아먹일 배추뿌리도 여러 개 캤다.
이랑을 밟다 밟힌 당근은 덤으로 뽑고
행길로 나와 우두커니 쳐다본 마을……
저녁 짓는 연기 한창이구나.

이장집 굴뚝에서 솟는 밥 짓는 연기,
그 아래 바우네 연기도 만만치 않다만
내 집 빈 굴뚝엔 아직 찬 하늘이 걸렸다.

고향선 우리집 굴뚝 연기도 참 실했지.
재밌는 한때, 또 여럿 기억하겠으나……
행길에 쓰러진 저 그림자는 진짜 내 걸까.

흘린 배춧잎 주워 털다 문득 떨어진 눈물.

물 안 개

아랫말에서 종일 돌아가는 탈곡기 소리.
맨드라미가 지키는 우리 집 마당.
소몰이며 지게질 끝나 벼 말리기도 허전한
올해 논벌판 추위는 빨리 올 것 같구나.
상수리 줍기, 때 지난 밤 줍기 지겨워
둘째는 뒷산 버리고 볏가리 주위 혼자 도는가.
참새떼가 앉았다 쫓겨난 샛바탕에서
씨름하는 소학생들 건너 멀거니 쳐다본
밀물 든 섬창 바다는 물안개를 피웠네.
물때 맞춰 오실 애들 할미는 굴밭을 떠났을까.
저녁 짓는 연기가 늘면서 수건을 챙겨
논길 지르는 저 늦은 품꾼은 열세살 큰애다.
씨름이 시들해져 소학생들 흩어질 무렵에야
바우네 탈곡기 소리도 기운을 잃었다.

다른 씨

일구가 찾아와 길봉이 얘기 꺼낸 게 작년.
내용인즉 나더러 무자식인 그 사람 애 낳아주면
바구리산 그늘 무논 서마지기 뚝 떼어주고
버섯산 보리밭에다 감자밭까지 준다 했다.
커가는 내 새끼 하나쯤 중학 공부꺼정 시키겠대.
그 말에 결국 마음 섰구나 우리 어무니.
당신 아들 땅에 묻고 내내 시름에 젖어
품앗이 갔던 바우네 보리밭에서 김을 매시다가
호미 안고 몰래 우셨던 어기찬 시어무니.
최씨 성 가진 당신 생애 또한 박복하여라.
죽교리에서 당신 큰아들 셋째아들 나란히 죽이고
수래포선 지아비를 황천 보내셨다네.
맥못추고 허무하게 하나하나 죽어가서
김씨 집안 남자 어른은 이제 시동생뿐이거니
참 그렇다 여자들만 남은 문중, 허기진 문중이라
손주새끼들 다 죽이겠다, 나더러 며느리더러
그렇게 하라신다 남의 자식을 낳아주라신다.

도 랑 물

우리 애들이 자라 튼튼해질 때까지
흔들리지 말아야 한다.
어제는 뒷밭에 옮긴 고추 모종을 살폈다.
낯선 데라 주눅 든 놈들이 늘어져
도랑물 떠다가 하나하나 적셔주며
자리 잡지 못한 뿌리는,
제 몸을 건사하지 못한다는 것을 걱정했다.
우리 애들의 뿌리도
채 깊지 못해 어기차게 돌보고
어린 발 밑이 든든하도록 도와야 한다.
흔들리더라도 꺾이지 않고
꺾이지 않으면서 서 있어야 한다.
도랑물로 한사코 흘러야 하고
오냐, 도랑물 떠올릴 깨지지 않는
손목이 되어야 하는데
이미 흔들렸구나 나는 바람막이 잃어
무슨 수로 앞날을 지탱할까.
느이들이 어른 되어 알차게 살 때까지
나팔꽃 허리는 울타리에 기대주고

쑥쑥 올라가는 호박 밑에는
나뭇가지를 꽂아 이렇게 줄기와 묶지만
꺾일 일 휩쓸릴 일 혼자 막아야 하는,
지금의 나는 점점 힘이 모자라누나.

달빛과 박꽃

달빛 환한 우리 집을 혼자 지키네.
등잔불 켜놓고 듣는 유성기 소리.
죽은 남편이 남긴 재산은 오막살이집과
낡은 유성기 두 대뿐이다.
아주까리 등불, 만포진 길손도 나와
수래포 적 당신은 노래를,
곧잘 따라 불렀어.
담 밑에 심은 박씨가 자라 지붕을 덮고
희고 깨끗한 박꽃과 박이 얹히면
식구들을 앉혀놓고 박타령을 불러
석철이 애비, 영숙이네가 사람들을 불러와
흥겨운 판이 되었지……

돌담불 담 밑에 박씨를 심어
줄기차게 올라간 박 줄기야.
여기서도 구차한 피난민 지붕을 덮고
참으로 고운 달빛 박꽃에 내렸구나.
그러나 박타령과 사람들 발길 이제는 없다.
애들 할미는 날품 팔러 진두 갔고

둘째는 막내 데리고 샛바탕 갔을까.
사내 어른 없는 집 큰애가 기둥인데
봄부터 나가던 염전 일을,
가을 깊으면 그나마 놓아야 한다.
유성기를 몇번 틀었더니 눈물 흘러서
다시 나와 본 박꽃이 더 하얗네.

제 4 부

섬그늘

밥

연평 시누네 가는 짓 인전 안해야겠다.
애들 할미와 애들이 메칠 건너 오리를 걸어
저녁 한끼 근근이 먹으러 다녔거니
그 짓 두어달에 눈총을 너무 받았어.
연평도서 조깃배 선장인 남편을 잃고
친정 어무니 곁에서나 함께 살겠다고 이주한
시누야 어련하랴만 그집 애들 눈이 모질다.
각시 꿰찬 맏이 부부 내보이는 양도 그러려니와
심한 애들은 둘째와 셋짼데 셋째가 더해.
하루는 우리 집 둘째가 울면서 그냥 왔네.
같이 갔던 할미를 대놓고 노려보드래.
우리 애들 아직 클 날 남았지만 느이들은 커
셋째야 너만 해도 열일곱, 곧 어른 되잖냐.
이주하고 정리한 재물로 논 사고 밭 산 처지에
밥 몇술 동기간 주는 도움 분해서 쓰겠니.
느이는 모를 게다 죽교리 떠나 느이 에미가
연평도서 터잡기까지 거미 몸 파먹듯 한 곳은
바로 저 구박 받는 늙은 할무니 몸……
김해김씨 남정네들 살아 있었더라면,
다스려 가르칠 텐데 콩가루 된 걸 으쩔까.

52

호 미 질

두껍산 올라 도라지 캐 중태에 담고
솔새 소리 나는 쪽으로 돌아앉아 쉬었네.
두껍산은 바야흐로 오를 대로 물이 올랐구나.
저기 떨어진 마을 하늘 가생이꺼정 파랗지만,
다른 덴 봐도 일구가 말한 그 사람 집은
안 보려 괜한 데다 호미질을 했어.
그랬다 일구가 씨받이 얘기 끄낸 담부터
나는 저 동네를 애써 피해다녔던 거야.
그러다 맘 고쳐먹을라치면 남편이 떠올랐지.
태어나 한 여자로 커 한 인연 만나
꿈처럼…… 그런 세상을 살았던 것이라
어려운 경우 겨울손 곧잘 이기곤 했는데
발치에 선 이 낯선 몫은 금방 안기 힘드네.
안 보려 했지만 그 사람 집 아예 살피고
호미 근처 봤더니 둥굴레가 꽃 달고 섰다.

궁 궁 이

가시가 있다면 무뎌야겠다.
먼 옛날 눈물 마르고 아픔도 말라
오랜 생각 다음에 맘먹은 출발.
너와 같은 꽃이나 둔덕에 피워
너만큼의 이야기를 모아야겠다.
나와 똑같은 동무야 이땅에 살며
스쳐간 거 그냥 건너간 거 참 많았다.
욕심없이 살아도 발길에 채여
꺾이고 잘린 팔을 끌어안던 세월.
으면 말이든 믿음이든 대개 부딪쳐
되돌아온 그것들이 차려놓은 상처여.
지닌 미련 지녔던 앞날 다 잃어도
아무 일 없는 듯한 얼굴 되려면
내 몸의 가시는 털어야겠다.

눈썹 달

길봉이라는, 그 사람 집은 아랫말.
가을걷이 때마다 탈곡기 소리 늦도록 들리는
집게산 언저리에 널따랗게 있었네.
그 집 간 날은 밤 깊어 부엉이 소리만 들렸지.
부러 마실 간, 애 못 낳는 내 또래 여편네는
날 밝기까지 안 올 터라 들어선 봉당 더 넓은데
불빛 밴 문창호 엿봤더니 남자 기척이 왔어……
그 집 대문 나선 게 을마 뒤였을까.
마당 질러 볏가리 그늘에 선 우물로 가서
두레박 찾아 물 길어 세수를 하고
하늘을 봤더니 눈썹달이 주엽나무에 실렸다.
집게산 외로 돌아 아랫말 많이 버리면 섬창.
섬창길 일부러 가서 물썬 바다 우두커니 보고
메뚜기 뛰는 논길 걸어 이슬 흠뻑 적시며
돌담불 우리 집 왔을 땐 부엌에 불이 켜졌다.

한 생각

그래…… 지금껏 내 몸은 한 사람만 알았지.
그 한 생각 부러 놓쳤더니, 얄궂기도 해.
내 몸을 가진 다른 남자가 두렵지 않았어.
두려움 대신 낯설음 대신 떠오르는 건
처녓적일까 어느 시절인가 토막난 시절들이
하나하나 이상스레 흘러왔다 흘러가든 거야.
더러는 저 어디쯤 남편 얼굴이 왔으나,
남편 좇아 고무신 쥔 채 선착장 향해
뛰던 날, 함박눈 만난 저녁도 오려 했으나
그럴 땐 돌담불집 찬바람 찬 부엌이 밀어냈어.
오냐 내놀 거 진작 내놨는데 뭘 또 지키겠다고
맘 졸여 그전 같은 내용 지지궁상 꿰랴.
내 한 몸 풀어져 얼루 흩어진들 상관없으리.
하눌타리잎 밑에 이렇게 열린 열매처럼
든든한 제 몫을 내 애들이 찾을 수 있다면.

마   을

송말에서 돌담불 넘으면 왕짓말이다.
왕짓말 지나 웃말 밑은 섬창 가까운 아랫말.
아랫말 산 너머 북쪽은 윤메기와 여수개야.
돌담불은 그러니께 동쪽 송말의 아기재.
여길 넘는 이들이 동네 안팎으로 갈라지네.
육이오 때만 한차례 인민군 왔고
중공군 닥칠 때는 어찌어찌 넘겼다드라.
그래서 그런가 이곳은 총탄 자국 많지 않지.
여기 사는 사람들 원래부터 뿌리내렸지만,
돌담불 지나 동구밖, 풀메기 언덕 버리고
나루께 건너 육지 드나드는 양 느긋도 하다.
라디오 귀해 못 듣는 소식 저들께 들어
그나마 돌아가는 세상 하루하루 알겠는데
함께 내려온 북쪽 피난민 얼루 다 흩어지고
우리만 달랑 여기 떨어져 이러고 있구나.
윤메기 거쳐 여수개 끝은 동죽밭 큰 느리
이러구 있을 게 아니다 동죽 캐러 어서 가자.

연 유

현자 돌림 우현이를 우식이라 고쳐
다시 군대 갔던 시동생이 왔다.
휴전되자 우리 집 슬멋 비쳤다가
형편 뻔한 거 보고선 뭍으로 가더니
산처럼 배부른 색시 몸 풀게 하러 왔어.
그러고선 잇는 말, 직업군인 하겠다네.
직업군인이 으떤 건지는 모르겠고,
동서야 자네네 계속 철없이 사누나.
이 시국에 누군들 세 끼 찾기 쉽겠냐만
씨받이 댓가로 우선 받은 쌀 두 가마
그 소문 듣고 온 줄 짐작돼 하는 말.
들어보게 나 역시 벨 가진 여자라네.
시동생이 선원 하다 군대 가며
받은 퇴직금 움켜쥐고 담뱃가게 내자마자
우리 식구 자네가 구박해 내쫓았지.
명천서 영흥 간 연유 그래서 생생해.
그랬던 자네지만…… 하여튼 벅차겠다.
첫애 낳아 황달로 죽이고 두려워
시아주버니 저승 가게 한 걸 깨닫고도,

둘째는 안 죽이려 왔던 걸로 알겠네.
그 둘째 역시 죽이고 또 애 낳으려고
찾아온 건 그렇다 하나 어지럽구나.

눈 보 라

눈 내려 눈보라 되어 하늘 덮고 바람 불더니
산에 들에 쌓이는 눈을 매섭게 몰고 간다.
지름길 찾으려다 가는 길 잃어버렸네.
넘어지고 자꾸 자빠지며 잘못 든 낯선 곳.
이러다가 해 지겠다 어둠이 날 묶겠다.
외롭고 두렵구나 지금 어디쯤 와 있나.
사흘째 아픈 둘째 애 나 없으면 못 산다.
약 한첩 구했으나 길은 멀고 방향도 잃고
올 겨울은 아아 춥구나 넘어질수록 지친다.
저곳이 그곳 같고, 이쪽이 그쪽 비슷해
잃은 길 헤매다가 집 아주 못 가는 건 아닌지.
언 바닥에 누워서 나는 자꾸 자고 싶은데
저길 봐 어린 소나무 쓰러져 뿌리째 얼었어.

설   날

오늘은 우리도 따뜻한 쌀밥 먹자.
부침개 부치고 숙주나물도 만들고.
지난 가을 큰애가 잡아다 말린
넙치와 가오리는 큰 몫을 했다.
절편과 인절미는 만들지 못했구나.
엿 고는 남의 집 연기를 막내는
어제 종일 기웃기웃한 것 같다.
그런 다음 와서 만져본 찬 굴뚝
그러나 느이들 굴뚝도 오늘은 따뜻하다.
상봉댁 며느리가 들고 온 시루떡
방앗간 일 하고 받은 가래떡도 있다.
과식은 하더라도 체하지 말았으면.
세배 갈 곳 어디든 읎으니
애비 묻힌 산이나 보겠느냐.
청대콩밭으로 멀리 아카시아숲으로
몰려가는 저 눈발을 걷어내고서.

어엿한 밥

둘째가 집게산 가서 밥 먹지 않겠단다.
처음 메칠은 막내 데리고 곧잘 다닌 녀석이
한사코 피하는 짓으론 뭔가 단단히 틀렸어.
녀석아…… 난들 남의 집 보내고 싶잖다.
이렇든 저렇든 우리 식구들끼리 꿰고,
아쉰 짓 않고프나 그럴 터수 되지 않아.
암만 못해도 느이들 소학교 공부는 시켜야겠고
병치레 없이 배곯지 않고 자라기를
소원하는 에미라서 그 도움 임시로 받는데,
열살밖에 안된 머리에 든 생각 많네.
애 낳아주고 땅 받으면 내 땅에서 곡식 길러
어엿한 밥 지어주마 조금만 견디거라.
에미 속 아프게 말고 하라는 대로 하렴.

떠돌이

수래포서 야밤을 타고 탈출하던 때
같이 배를 탔던 피난민 부부 섬창에 왔다.
증산 건너는 물밑에 젖먹이를 빠뜨리고
그 뒤로 여편네는 실성했었지.
반이섬과 용매까지 줄곧 함께 했다가
목포 군산으로 무리가 갈리며 헤어졌는데,
저 부부 어떻게 살다가 예꺼정 흘러왔을까.
여편네 정신은 제자리 찾은 듯싶으나
하는 말 듣건대 두 사람 모다 떠돌이 했구나.
당연지사, 알고도 남겠다 당신네 숨은 심정.
총탄이 노려보는, 여럿 탄 배 안에서
우는 딸 어쩌지 못하고 그예 죽인 사정을.
그날 내 새끼 막내는 그냥 순해터져서
빈 젖 물고 잠들어 무사했다만,
모진 게 목숨줄이다 허망한 것 또한 사람살이.
섬에서 섬으로 무엇 찾아 저렇게 흘러
천막 치고 살다가 다시 갈 곳은 어디냐.

잔 칫 집

안방과 마루에 음식상이 있고
봉당과 마당까지 술상이 푸짐한
잔칫집 대문 붙들고 쇠고집처럼
막내가 막무가내로 투정 부리네.
마시기 싫은 냉수를 시켜 일부러 쏟고
다시 떠온 내가 쥐어박는 시늉해도
꼭 쥔 대문의 손을 놓지 않는다.
동네 사람들은 웃고 노래하고,
막걸리 마시던 덕수 총각이 고기전이랑
아까 잡은 돼지고기로 살살 달래도
막내가 음식을 통 먹으려 안해.

보 릿 대

버섯산 보리밭, 익은 보리를 베러 간다.
소작농이라 절반 떼주고 빌린 것 갚으면
손에 쥐는 곡식 몇 안되나 아무튼 든든하다.
내년 이맘쯤은 어엿한 내 밭이 되어
떼주고 뭐고 읎이 우리 차지 되리라.
그것을 아는 어무니 우리 시어무니
보리 밑둥 자르는 낫질 며느리만큼 가벼운 듯.
보릿단 묶는 막내 시누 착한 시누 또한
저것 봐 코끝에 걸린 땀방울 잊어버렸어.
하늘 아래 땅도 많고 산도 논도 많아
껴안으면 내 것이지 싶은 시절이 있었지.
아아 그런 시절 훨씬 전에 잃은 지금의 내가
사연과 아픔 밴 보릿대 하나하나를
대부도 이 낯선 타관서 껴안을 참이구나.
오늘만큼은 찌는 더위도 아무렇지 않고
버섯산 넘는 쪼롱새 소리까지 맑게 들린다.

행   길

둘째는 대부국민학교 삼학년 학생.
이름은 그렇게 올랐지만 빠지는 날 많아
담임 선생님 만나서 말 듣고 오는 길……

요즘 들어 저 애가 왜 자꾸 모양 변할까.
잘 안 먹고 풀죽어 얼굴은 반쪽.
외양은 애비 닮았으나 소갈머린 바늘 같아
어린것치고는 수틀리는 걸 못 견뎌.

즈이 애비 죽는 양 줄곧 지킨 애도 둘째.
무덤 향해 한사코 따라가며 질기게 울고
시체 든 무덤으로 뛰어들려던 놈도 저 애.

그후로 작은애비, 작은집 말만 들으면
바르르 떨면서 안색이 달라졌는데……
생각해보니 집안 돌아간 앞뒤 전모를
이상하여라, 둘째는 죄다 직접 목격했더구나.

아무래도 이번 일도 눈치채고 저러는 걸까.

남의 집 애 갖고 배부른 에미가
아무래도 에미 같잖고 혼란스러워 저렇게
학교 빠지는 것으로 표시내는 중일까.

계집 단장

저고리와 치마 입히고 머리는 갈래로 묶어
셋째애를 막내 시누가 계집애처럼 꾸몄다.
긴 소매 알맞게 고치고 옷고름 단정히 맸으므로
저 옷이 면내 나가서 탄 구호물자로 안 보이네.
사내애들 걸칠 마땅한 것 은지 못하여
대신 갖다붙인 모양새가 오히려 이쁘다.
하기사 갓난 적부터 셋째를 막내 시누는
무슨 옷감으로든 꾸며주길 유난히 좋아했드라.
그 마음이 서로 통해 피난 내려올 때도 셋째는
막내 시누 등에 꼭 매달려 떨어지질 않았어.
피난길 인도하던 청방대원이 보다 못해
업힌 걸 안으려 했으나 업힌 것은 물론이고
땀 뻴뻴 흘리던 막내 시누가 더한층 뿌리쳤지.
오호, 그래 그때는 자칫 잘못 갈렸다가는
어른이고 애고 간에 다시 못 볼지 모를 난리통.
총소리 나면 갈대밭에, 대포소리엔 구덩이 속에
숨으면서 엎드리면서 어딘지 전혀 모르면서,
흐르고 흘러서 대부도 와선 굶주림 때문에
분지천 의원 집살이 여러 날 했거니,

즈이들 다시 합쳐 다시 한식구로 저렇게
계집애 옷 입은 조카와 고모로 어울렸구나.

감

섬창서 움막 짓고 살던 떠돌이 젊은 부부
기어코 또 떠나누나 감 건너 선재도로.
여름 한철은 갯벌 들어가 망둥이 잡고,
바위 그늘 뒤져 박하지 잡던 생활 관두고.
마을 사람과 어울리지 못해 간첩 누명 썼던
저 두 사람 감 건너면 을마나 견딜까.
피난 내려오며 빠뜨려 죽인 갓난애 못 잊어,
그것 사무쳐 바다와 바다를 그 뭣에 썬 듯
저렇게 떠도는 마음을 나는 알지만,
아니다, 죽인 갓난애 하나뿐이랴 더 얽힌 것
같은 이북 피난민 입장에서 짐작하고 남지만
저렇게 흘러 선재도며 그 옆 영흥도……
서해바다 끝까지 닿은들 상처가 잊혀질지.

계 집 애

해산달 기다린 사람들 얼굴 들떴는데
어쩔거나 나는, 계집애를 낳았네.
이렇게 되면 으떻게 되나 약조한 것들은
아들 셋 둔 여자가 새끼를 또 보면
그놈도 사내여야 한다는 보장은 읎는 것.
자식 농사 흉년인 저쪽 사정은 아나
김씨 문중 귀신이 상관할 일 아니네.
그렇다곤 하지만 암만해도 불안하구나……
이왕 낳아줄 요량이면 대 이을 놈 주어
깨끗하게 청산할 거였는데 일이 틀렸어.
겉내야 안 그런 척하지만 저쪽 눈빛이
어제 다르고 오늘 다르고 말은 힘 읎고.

섬 그 늘

전쟁에 떠밀려 알몸으로 쫓겨 내려와
무심코 주저앉은 이 섬에서 어언 팔년.
바람 부는 곳 구름 흐른 자리 웬만큼 알았지.
허둥대며 선착장 나가 기다렸던 소식.
모다 소용없어라 그동안 체념만 굳었구나.
어디를 보아도 차고 아득한 풍경만 닿고,
때때로 눈물나 눈물나서 오히려 가쁜한
저 하늘 새파래서 능청스러워서
내 얼굴 닮은 섬그늘 조개나 캤어.
남편 바람난 세손이 여편네야 그만 울거라.
섬 돌아 너른 바다에 출렁이는 물결에
우리네 가슴 부딪쳐 세상 일찍이 알았거니
무엇이 힘들까보냐 무엇이 더 답답할까보냐.
봄날엔 바닷가 나가 나문재나물 뜯고
뻘밭에선 에헤야 에헤 잡어잡이를 하자.
참억새 쓰러져, 지긋지긋 추운 날 와도.

무릇꽃길

자매처럼 같이 살았던 막내 시누를
이제 그만 고생시키고 시집보내 살게 하자
그렇게 정하고 떠나보내는 아침.
족두리 쓰고 가마 타고, 그런 격식 없이
신랑 사는 인천 가려고 선착장 걸어가네.
헐벗은 것으로 치면 막내딸이 으뜸인 걸 아는
시어무니 마음 몹시 휘청거리시누나.
그것에 답하듯 내 새끼들의 고모야
울기는 왜 자꾸 우누 무릇꽃 핀 봄날.
우리들이 함께 살았던 그 많은 내용 중에서
행복했던 기억은 먼 과거 적 얘기뿐이지만
이 길이 또 그런 날들의 출발이라 믿어이.
오냐, 어느 곳 어느 덴들 대부도만큼 못할까.
남은 식솔은 기왕 못박혀 그냥 이렇게
여기 살기로 했으므로 뿌리든 뭐든 뽑을 터.
넓은 땅 새로 밟는 시누야 착한 시누야
선착장에 신랑 기다린다 어서 가야지.

바 지 락

사리 때 물살은 빨라 뻘밭 금방 드러나
감나무집 식구들 갯것 잡으러 가는 거 봐.
중태 망태 준비해두었다 따리 호미 챙겨
수건 질끈 두르고 따라 나온 바지락밭.
참 많네 금년은 작년하고는 다르다.
굵기도 그렇고 알맹이 실한 것도 만만찮아
어린 놈은 관두고 큰 것 캐다가
모깃불 피워놓고 밤새도록 깔 일이다.
구름아 여전히 흐르누나 나는 을마나 속아
너를 좇아갔다가 절뚝이며 되돌아왔나.
내 동무 내 위안은 이제 바지락뿐.
서울 간 아들 자랑에 위세 부리는 옥전네야
오늘 호미질 특히 가볍구나 두고 보아라,
이것 팔면 우리 집도 도야지 살 차례다.

능 게 들

썰물이 모래톱을 떠나 조금씩
덮은 개펄을 놓아주고 있다.
숨죽인 땅 열고 봄날 풀 돋듯
드러난 등때기로 올라온 능게들.
어지간히 멋없게 걷고들 있어.
어떤 놈들은 알맞게 밀며 당기고.
생긴 틀 다른 만큼 밖에서 안에서
자기들 식으로 마음쓰는 짓들이
한편은 부럽고 한편으론 야릇해.
밀물이 밀든 썰물이 썰든 상관 않고
부지런히 열심히 장난질해대는
저들도 나처럼 아픈 적 있을까.

넓은 집

돌담불 버리고 남돌네 옆으로 자리를 옮겨
새로 마련한 우리 식솔 집 제법 넓구나.
대문 있고 봉당 있고 툇마루가 있고
부엌문 열면 장독대와 살구나무 앵두나무.
염전 일 다니는 큰애가 더 애지중지해서
공일날마다 일삼아 진흙 개어 얹었었더니
울타리 서서 집둘레 한층 든든해졌다.
수래포 지붕밑만큼 안돼도 앞마당 채전에
마늘 냄새 장다리 냄새꺼정 새로워
큰애 간조 조금씩 모았던 날들 또 생각했다.
자, 다음은 무엇을 장만할 차례냐
서울로 이사 간다는 금자네 멧갓을 사자.
울타리 빙 돌아 지붕 덮은 수세미 쳐다보고
빈 나뭇광 들어가 괜히 서 있다가 나왔다.

보리 파종

준다던 보리밭을 여전히 못 받았다.
첫애를 계집애로 보고부터 낙심하더니
미적미적 끌던 답이 지금까지 몇년째.
대 이을 사내애를 진작 낳아줬드라면
약조한 거 하나하나 빠트리지 않고
다 받아냈으련만 경우가 좀 이상해졌어.
기왕에 이 길 택한 거 을마간 더 기다려
둘째애를 보여줬으나 그것도 계집애.
남의 집 아들 구경 귀한 내력은 관두고
남편 죽어 어기찬 여편네만 남은
김해김씨 집안 되는 일 증말 욿구나.
내것 하나 가져보려 긍터듬지만
쥔 쪽이 꼼짝 않으면 소용에 닿지 않는
그 이치 겪으면서 뼈저리게 겪으면서도,
시어무니서껀 내 땅에서 얘기 건네며
보리 파종 하는 편한 꿈 어젯밤 꾸었다.

자주감자꽃

우렁골 감자밭에 감자꽃 많이 피었다.
이 밭 역시 우리 것이 될 뻔했지……
삼백평 남짓 보리밭을 받지 못한 터수라
더 넓은 땅 꿈꿀 요량 버려야겠다.
그나마 다행스러운 건 무논 서 마지기를
분명히 받아냈으니 그걸로 족할밖에.
다섯 식구 먹이론 부족한 수확이나
적수공권이었던 시절을 생각할라치면
이만큼이나마 어디냐 우리에겐 금쪽이다.
씨 뿌려 김맬 때도 아무렇지 않았는데
벼 익던 첫해는 논배미에 앉아 울었어.
아아 그렇다 반평생 넘게 살아오면서
말랐으면 진작 말랐을 내 눈물이
왜 그렇게 쏟아졌는지 나는 참 몰라……
밭두둑 뒤져 감자알 크는 모양 구경하고
멀거니 서서 내려다보는 자주감자꽃.

까   치

남돌네 대추나무에 얹힌 까치를 보고 있자니
돌담불 조개무덤, 그 생각 저절로 나네.
갓 낳아 젖 물리던 첫째 딸 은자를
어린것 딴엔 신기한지 우리 막내가 만졌을 때.
그때 나는 왜 그랬을까 무슨 심사였을까
그러는 막내를 모질게 쥐어박고 내쫓았거든.
한참 만에 나도 방을 나와 토담집을 몇번 돌다
찾지 못한 녀석을 조개무덤에서 찾았던 거야.
그 밑에 쭈구려 기댄 녀석은 울었던 모양.
순하고 야윈 얼굴을 손바닥으로 씻겨 업고
어룩골 밀밭 지나 시냇둑 괜히 걷다가
아까 그 자리 다시 오며 까치 소리를 들었어.
그때의 까치는 의호네 오동나무에 앉았었는데
저 새는 오늘 남돌네 나무에 앉아 나를 향해
무얼 저리 소리를 할까, 소식 주는 것처럼.

독해진 사람

막내 아들 소학교 입학 때 비웃은 집게산네
배앓이 하는 양을 쳐다보다가 왔다.
첫딸 낳아줄 적만 해도 그냥저냥 지냈는데
둘째 딸 미자 본 담부터 노골적으로 저러누나.
그러지 말게 집게산네야 우리집은 당신네
동기간도 아니며 형제지간도 아니라네.
옳은 대로 말하면 아들이든 딸이든 낳아주고
나는 받을 거 받았으면 되는 사이.
목숨 붙은 사람이라면 제 뱃속에서 저지른 것을
아무렇지 않은 듯, 볼 위인 어디 있겠나.
나는 참 독해져서 지금껏 그런 척 지내왔지.
그런 속 여자로서 이해는 고만두더라도
남의 집 귀한 자식들 건드려서야 쓰겠나.
끼니 먹이려 보냈더니 눈총 자꾸 준 덕에
벼꽃 핀 논길을 시무룩하게 손잡고 왔던
둘째와 셋째의, 그랬던 시절은 잊겠네만,
험담 잦은 자네 모양은 버리려도 걸린다네.

따 리 골

백씨 문중 사는 곳은 집게산 뒤 따리골.
명순네와 명덕이네가 우선 나란히 있고
방앗간 가진 명화네 염전 둔 명옥이네는
윤메기 못 미쳐 쑥길 옆에 마주앉아 있지.
이 사람들은 모두 대부도 토박이.
육십 마지기 논 가진 명순네는 데릴사위 둘 있고
명화네는 머슴 두어 부려먹으므로
우리처럼 가난에 찌든 이로선 꿈에서나 쥐는
그 많은 땅마지기를 거뜬히 건사하네.
하루는 나더러 우리 첫째를 머슴으로 주면
섭섭잖게 해주겠노라고 명옥이네가 말했어.
섭섭잖게 하겠다는 건 소작땅 좀 주겠다는 뜻.
솔깃하긴 했다만 거절했겠지.
저걸 봐 명순네 데릴사위 명화네 머슴을
황소 힘 가졌지만 저렇게 부려먹는 걸.
새경도 짤 뿐더러 사위들 가볍게 다뤄
천더기 될 첫째를 나는 보낼 수 없었다네.
내 대답 안 좋았던지 명옥이 에미가
퍼뜨리고 다녔다든가 찢어진 가난 주제에
공부시켜 뭣에 쓰냐고 우리집 막내를.

아이들 꿈

우는 동생 미자 곁에서 은자가 우네.
쟤들 어쩌다 저길 갔을까 저긴 어딜까.
쪼름한 뻘밭 멀리 밀물 드는 것 뵈는
저곳은 섬창 같은데 섬창은 아닌 듯.
갯명감나무 나문재나물로 덮인 모래밭이
갑자기 천길 계곡 될 수 있을까.
천길 계곡 저켠에서 슬프디슬프게
울고 있는 얘들아 엄마가 가마 엄마가 가마.
그러나 어찌 된 일 발이 안 떨어져.
밀물 든 밀물에 밀려 쓰러질 듯 자빠질 듯
해진 신 해진 옷 걸친 채 가까워지는
저 사내애들은 또 누굴까 내 애들이다.
쟤들은 왜 저기 있을까 난리 터져 마을이
텅 비어 나하고, 감꽃만 피었는데.

사매기의 노을

이렇게 붉은 노을을 구경할 수 없구나.
사매기를 아는 이들에게 물어보아라.
저것은 이 마을에 살던 아픈 이들 맘이
사매기에 모여 있는 조개들에 섞였다가
밀물 때 그것을 조개들은 내보내
저녁 무렵 대신 차려놓은 말 아니냐.
예를 들어 소금배 선원인 벙어리 덕칠이가
풍랑 맞아 바다 밑으로 가라앉았거니와
소아마비 딸을 둔 순덕이 에미가
잇단 흉년에 여기 나와 혼자 동죽 캐다가,
밀려온 밀물에 밀린, 그 얘기 아니더냐.
더 말하면 흉흉한 어느날 허리를 채여
기어 기어서 사매기 건넌 내 남편 사정이
저렇게 떠 꾸준히 앓는 거 증말 아닐까.
아침 저녁 그것들 사매기 바다에 앉아
햇빛이 보태주는 빛을 더불어 받다가
나를 보고 표현 못하고 글썽이고 있거니,
이 노을 곱구나 곱구나 중얼거리며
기분에 젖어 멀거니 구경할 수 없구나.

빗 방 울

죽교리 놋바위 마을에 잔디동산 있었네.
이름 모두 외겠다 은옥이 화경이 숙진이.
열몇살 적 그애들서껀 잔디동산에 누워
하늘에 떠가는 구름 보는 재미 단맛이었지.
어느 대낮 그 하늘 갑자기 깜깜해지면서
호두만한 빗방울 후득이며 바람이 일었드라.
동산 뒤켠은 밤나무 둘 덩그마니 컸는데
맨발에 머리 헝클어진 숙진이 애비를
그쪽으로 끌고 가는 왜놈 순사 여럿 보았어.
빗물로 멱감은 묶인 이는 어찌 됐을까.
깜깜한 동산을 구르다시피 내려온 그날
땀 뻘뻘 흘리며 나는 무서운 꿈 꿨단다.
바람에 휘는 밤나무 가지며 밤나무 잎들이
펄펄 부대껴 창졸간에 동산을 덮고,
숙진인지 은옥인지와 그 위를 배로 젓는 꿈.
가슴에 군도 맞고 뽑힌 나무에 묶인 채
둥둥 떠가는 어느 누구의 시체에 놀라며
핏물 된 동산바다를 울며 헤매는 꿈.
오호 그래, 세상 하늘 저렇게 능청스럽고

산새 황새 모른 척 바구리산을 넘지만
사람 일은 한가지 두가지 모다 갑작스레 와서
갑작스런 바람에 빗방울에 놀라며,
핏물 든 앞산을 허둥지둥 젓는 건가봐.

제 6 부

나들이

밥　　상

왜무는 소금에 절여 동치미 만들고
배추 역시 짠물에 띄워 백김치 만들었다.
고춧가루 귀해 허옇게 무친 조선무 깍두기.
그것들 올려놓고 먹는 저녁밥.
양지쪽에 말렸던 고사리국 따뜻해
큰애는 국그릇 벌써 뚝딱 해치웠다.
둘째 아들 막내 아들도 입맛이 돌아
동치미 꺽둑 베어문 입 속에 밥숟갈 가득.
손주새끼들 우선이라 듬뿍 뜬 할미의
밥덩이 하난 큰애 쪽에 척 얹혔다.
섣달 상순은 춥고 따뜻한 날은 멀고
추위가 끝나기 전에 부엌 쌀독 바닥날 게다.
사매기 갯벌 가면 바지락 남아 있을까
그거 캐다 끼니 얻을 요량 해야지.
바람 씽 지난 바깥은 우수수 떠는 울타리.

성 묘

작년 벌초할 때 있었던 양지풀이 또 살아
오셨수…… 하고 말한 듯싶었는지,
그 풀 안 뽑고 물끄러미 섰던 어무니께서
음복술 몇잔 마신 다음 지금 웁니다.
옹골진 당신 어무니가 왜 저러나 싶겠지만
너무 일찍 죽은 당신 내려가 살펴보시우.
헤매던 가족의 발자국이 여기저기 엎어져
질경이 뿌리로 기껏 남았답니다.
구차하게 걸어간 세월이 쓰러져 상처를 을어
발길에 채는 작은 돌멩이로 남은 터수라
멀리서 본 풍경은 아무렇지 않은 듯했겠지요.
그러나 어무니나 나는 속지 않지요.
안타까움, 답답한 것만 얘깃거리로 삼는
저 선재띠와 섬창은 결코 평탄치 않아요.
그늘은 은제든지 우리를 따라다녔고
그래서 양지풀 안 뽑고 우신 울음 또한
우리 함께 살았던 울음과 같지 않은 거외다.

느 리 천

돌아서지 못할 곳 먼저 가며 여기 남긴
남편 이야기 하나, 흘리지 못하겠다.
어디선가 매맞고 정신빠져 오던 겨울
느리천 이 자리 길 막은 구렁이 환상.
굴 주우러 갈 때마다 그 생각 나시는지
시어무니는 문득 서서 먼 사매기를 봤어.
세상은 많이 변했고 대부도도 그러한데
자식을 가슴에 묻은 산 사람은 그대롤쎄.
어무니, 몇날 메칠이 저절로 지나가서야
우리들 편해져 이 길로 또 굴 따러 와
구렁이 읆는 굴뽕을 메고 올 수 있을까.

못

선임하산지 선임상산지로 군대에 있던
시숙이 군복 아주 벗고 임시로 살러 왔네.
충청도 군부대 근처서 애 하나 낳고
오랫동안 못박고 지내더니 불쑥 나타났어.
그새 새끼들 더 늘어 동서, 자네 식구는
넷 됐지, 어린것들 다시는 잃지 말아야지.
내 남편 죽자마자 요강단지, 담요 들고서
그래도 시댁이라고 부른 배 안고 왔다가
핏덩이 그예 죽였던 세월 떠올라 하는 말.
생각해보면 자네네, 잘 한 거 읎네만
그러니께 내 남편 저승 가게 한 옛날의
자네네를 잊지 못하겠다만 어쩌리.
남들은 동기간끼리 저 봐라 똘똘 뭉쳐서
자기들 몫 챙긴단다 우리도 이제 그러자.

막내를 데리고

보이느냐 저 멀리 선재도 뒷편은
네가 모르는 큰 바다가 누워 있단다.
을마나 깊은 바단지 너른 바단지
비바람 한차례에 파도가 황소 같았지.
어느 핸가 선재도 돌아 영구 에미와
고등 따러 그 기슭 가지 않았겠느냐.
그런데 멀쩡하던 날씨가 갑자기 변해
하늘이 흐려지면서 비바람 일면서
그야말로 산 같은 파도가 오는 걸 봤다.
그리고 똑똑히 기억 한 가지 나더니라.
너만한 나이 때 처음 바다에 갔다가
저처럼 두려운 파도 만나 파랗게 질려
울면서 허겁지겁 달아나던 날이.
그때 것 그후 것, 지금은 많이 겪어
을마든지 에미는 태연한 척하지만
그것이 준 상처는 지워지지 않누나.

월 선 이

남편은 객사하고 과수로 살던 영흥 시누
시름시름 병이 깊은 월선이를 업고 왔드라.
앓는 것 백방으로 고쳐봤다지만 백방은 무슨.
참새처럼 내려다보다 결국 친정집 왔을 터.
분지천 의원집 가서 진맥 한차례 보고
아무렴 다르랴 못 먹어 생긴 병으로 확인했다.
참 딱할세 영흥 시누 그새 으떻게 살았길래
과년한 딸자식 이 지경으로 만들었누.
봇짐장사 해서 식솔 챙기던 남편이
강화도라 했드냐, 어디서 얼어죽었다할손
굴뽕 있겠다 갯것에, 산나물 들나물 있잖누.
어떻게든 꾸려갈 것을 갑갑이짓 했어.
하기사 선원질 하는 장봉도 총각이 채간
첫째 딸 옥선이 성격하곤 근본부터 달라서
병 잦고 허약한 저것 다루기 쉽진 않았으리.

95

라 디 오

대통령 권한대행이 무엇이냐 물었더니만
그거, 대통령 노릇 대신한다는 뜻이지요······
그러면서 춘만이가 라디오에 귀를 더 댄다.
사진관 하는 춘만이는 인천을 자주 드나들어
동네에서 육지 소식 많이 갖고 오는 축.
요 메칠 전 또 갔다 오더니 라디오를 사다가
저렇게 품에 끼고서 동무삼아 저런다.
더듬어보건대 이즈막 육지는 꽤나 달라진 듯.
이승만 박사가 학생들이 일으킨 혁명에 쫓겨
먼 나라 어느 섬으로 망명 간 게 이태 전.
그해 여름 윤 뭐라는 이로 대통령이 바뀌었지.
그게 일년 못돼 이번엔 군인들이 뭔가 일으키고
어깨에 별 달린 박정희가 나라를 다스렸어.
국가재건 으쩌구 하는 외기 힘든 이름 쓰다가
올봄 들어 대통령 뒤에 저런 꼬리 붙었던 것.
나라에서 생기는 일 내야 뭘 으쩌랴만
군인 소리 들으니께 군인 간 첫째 걱정되네.
보릿국을 참 좋아했는데, 구경은 했을까.
솎아 담은 어린 보리 바구니 끼고 앉아
한참 동안 라디오 듣다 무릎 절며 일어섰다.

나 들 이

소풍 가는 막내 위해 반찬 준비하고
쳐다본 앵두나무에 앵두꽃 피었다.
살구나무 꽃꺼정 발그스레 흐드러져
마음 저절로 환해져 장독대 근처를
처녀처럼 애들처럼 괜히 기웃거린다.
청명 지난 곡우라 절기 맞춰 어제 내린
봄비 끝에 한층 파래진 널따란 하늘.
누구말마따나 쓸어봤자 티 하나 안 걸릴
이런 날 놓치고서야 은제 나들이하랴.
물레방앗간 거쳐 들길을 주욱 지나서
산고개 넘으면 바다가 긴 은모래밭.
그곳 향해 막내애 섞인 소학생들 뒤를
이만큼 일부러 처져 영구네와 걸었겠지.
꽃밭이래도 좋을 길 옆의 꽃다지 무리는
부러 건드리거나 더러는 따고
애기풀 앞에선 한참을 섰기도 했거니,
참으로 그렇다 영구네야 옛날 처녓적
물오른 우리들 여기 태연히 살았네.
그 얼굴 잃고 허겁지겁 까맣게 살다
겨우 찾아 낯선 듯 구경을 시방 했구나.

나물 캐기

세상을 사는 동안 궁터듬어 가는 동안
내 어이 슬픔과 한숨만 삭였겠느냐.
오늘처럼 꽃 핀 날 진달래 핀 산처럼
남몰래 가슴 부풀어 마음 괜히 부풀어
노랑이면 노랑꽃 되어 씀바귀에 닿고
초록이면 초록잎을 벼루기자리에 달아
애기바람에 저절로 젖었던 적 있었지.
이거 봐라 한 해 안 거르고 조약골로 온
봄볕이 지금 또한 나를 은근히 잡고
졸졸 흐르는 물소리를 덤으로 들려주네.
어디로 가야 하나 앞산 너머 또 어디를
답답한 그런 사정 한자리에 젖혀놓고
조목조목 차근차근 얘기하고 있거니,
들려주는 내용을 소상하게는 모르나
목소리 열려 가만히 노래 몇개 불렀네.
아무렴 한평생 어딘지를 끌려가면서
내 어이 밝은 기분 내내 몰랐다 하랴.

잔 물 결

눈깔사탕 먹다가 목에 걸려 죽은
순하디순한 순녀 얼굴이
물위에 앉아 웃으며 에미를 보네.
가무락 잡으러 뻘밭 갔다 왔더니
잠들 듯 죽은 동생 잠든 걸로 알고
토닥여주던 큰애도 떴네.
떼 한번 쓰지 않고 큰 울음 안 울고
주는 것 받아 입 속에 난짝 넣고
모래밭을 잘도 뛰던 순녀는 다섯살.
지금의 둘째는 뱃속에 넣고
섬 생활 처음 시작한 연평도 시절……
햇빛 받은 잔물결 글썽이면서
순녀 얼굴 이쁜 얼굴 흔들고 있네.

나　루

영흥 시누 요새는 체념이 뚜렷 뵀드라.
앓던 딸 끌고 대부도 와 목숨을 살려
선재도와 영흥 잇는 이 나루 건넜으나,
한 달 안돼 멀쩡한 몸으로 우리 집 다녀간
그 딸 월선이가 이유없이 죽은 담부터야.
그애가 죽은 곳은 선재띠 이쪽 갯강구바위.
시체 옆엔 내가 딸려보낸 쌀 반 말 있고
죽으려고 준비한 쥐약 흔적도 있었지.
대체 그애 속엔 뭣이 자랐댔을까.
죽은 것 배로 실어 영흥도 저쪽에 묻을 때는
펑펑 눈이 내려 양쪽 섬 하얬거니와
시방은 이쪽에 뵈는 모래둔덕 가득히
갯명감꽃 가득히 피어 자칫하면 넋놓겠다.
저쪽도 갯명감꽃 이만큼 붉었겠거니,
오호 그래 이 나루는 그때 배에 같이 실었던
영흥 시누 당신 푸념쯤 이미 흘려보냈다.
우리들 하물며 가질 것 을마나 못 가졌다고
이런저런 아픔 따위나 붙들고 살까보냐.

김 매 기

어제는 개울에서 물총새가 놀다 갔지.
오늘은 그 개울 아래 우리 집 논에서
뜸부기가 숨어서 노래를 하누나.
벼포기를 헤쳐보지만 빨리도 달아나
꼬리풀 밑에 감춘 알 몇개만 찾았다.
바구리산과 주변은…… 한결같기도 하여라.
눈보라도 긴 가뭄도 꼼짝 않고 받고……
그랬다간 해 비치고 푸른 것 돋아도
나 이렇네 경치를 위세하지 않았어.
좋다 바구리산, 네 그늘서 김매는
내 기분 그럴듯해 무정타 않으리.
산길 올라 넘으면 남편 무덤 만나지만
뻐꾹채꺼정 논둑서 붉어 동무되는 걸.

멸악산맥

묏자리가 나쁘다는 풍수쟁이 말을 좇아
연안 출신 김해김씨 조상 무덤 파서
멸악산맥 북쪽 어딘가로 이장한 후로
멀쩡했던 가문 요상해졌다는 얘기 생각나.
시조부님 형제부터 단명한 건 들었는데
이상하여라 그 중 한분은 대동아전쟁 때
놋숟갈 몇개 감추려다 어이없이 죽었어.
일찍이 왜놈들이 조선땅을 빼앗고
만주사변과 그 뭐라냐 중국과 싸운,
전쟁이 있었어도 그럭저럭 세월 갔지만,
쇠붙이 걷던 왜놈에게 놋숟갈로 머리를 맞고
그야말로 볏단처럼 간단히 쓰러진 거야.
연백평야도 해마다 여름 벼밭이 기름져
그 옆에 낀 연안꺼정 은젠가 가봤으나
묘를 팠던 시조부 형제 죽은 다음엔,
거기서 처자식 거느린 무당 아들과 놀아난
시조부 형제 손녀까지 생기지 않았겠나.
묘 이장을 반대했던 우리 시조부님은
제 명 다 사시고 시아버님도 주욱 괜찮다가

102

해방을 이탠가 앞두고 결국 가산을 잃었지.
황해도서 살았던 그 많은 세월 중에
그 많은 얘기들 중엔 물론 좋은 날도 있어,
말하자면 내 남편과 장산곶 구경도 했거니
대부도로 흘러와 이런저런 거 겪는 지금,
그 수상한 멸악산맥이 자주 어른거려.

제 7 부

물살의 노래

자   랑

소학교서 학생 대표로 송사 답사를 읽고
육년 개근상 탄 막내는 중학교 일학년.
시나브로 반쪽 얼굴 된 데다 그늘이 깊다.
한동안 모르고 넘겼으나 부쩍 표가 나던 거.
걱정되길래 버티는 녀석 의원집 끌고 가
늑막염이란 진단 받고 삼일 치 약 타 왔다.
원인은 단 한가지 못 먹어 생긴 염증.
순한 거 말 없는 거 으뜸에다 입꺼정 짧아
거친 음식 안 먹으려 했으니 당연지살세.
그러고 보니께 을마 전 녹두밭 매러 갔다가
바우네 보리밭에 웬일로 쭈그려 앉은 녀석
내가 본, 그 내막 미루어 알겠드라.
녀석아 너로 말하면 그냥 크는 애가 아니다.
우리 식구 자랑인데 왜 병을 숨겼어.
동네 사람들이 가난뱅이 흉 저렇게 봐도
다 털고 시키는 공부란다 혼자 앓지 말렴.

미친 달

그 무렵이 아마 육십사년 다 가던 햇가봐.
연평 시누가 미쳐서 동주벌을 헤맸어.
달이 뜨면 움직임은 놀랍도록 날쌔져
구봉벌도 훨씬 지나 방아머리꺼정 헤매다
갯벌 묻은 옷으로 우리 집을 찾았겠지.
날음식 넣는 속옷 주머니에 생쌀을 채워주던
시누 아들 내외는 일찍 지쳐 손놓을 즈음.
한번은 뒤뜰 하늘에 걸린 새벽달 보며
키들키들 웃고 앉은 미친 이의 엉킨 머리를
뒤숭숭한 꿈 꾸고 나온 막내가 봤다든가.
진흙 범벅인 치마폭에는 흰쌀이 들어 있었고.
새벽 기도에 열심이던 마음 어진 교인의
돌변한 짓은 그치지 않고 다른 발길은 끊겨
어무니와 내가 고달픈 집은 유령 같았어.

저　녁

김해김씨 귀신 되는 요령 주욱 가르치셨던
우리 시어무니는 남달리 어질고 착하셨드라.
뭣모르고 등 떠밀려 시집왔을 때부터
시아버님서껀 합세한 사랑 도타웠지.
그 시어무니 몸져누우셨다 지치고 고달파서.
험한 꼴 당했기로 치면 어느 때도 한가지지만
당신 아들 잃고 나서 이런저런 궂은 일을
줄달아 겪은 내용이 층층이 쌓인 게야.
눈물 한방울 안 들키길래 독한 쪽도 크다 싶더니
대부도 와선 여러 차례 그것을 들키셨어.
죽교리서 기우뚱거리는 배 하나 타고
증산이며 연평도며, 그런 섬을 거치는 동안
많이들 죽었다 배는 부서져 돛은 찢기고.
그 돛 꿰매던 어무니 저 저녁처럼 앓고
당신 따라서 나도 이만큼 나이를 먹었구나.

굴   밭

세손이 여편네 어지간히 말 많아졌다.
빈 굴박 팽개치듯 놓고 똬리 깔고 앉아
실없이 내뱉는 농짓거리 재밌어.
사내 바람나 세상 끝난 듯 지낼 적에는
지금 앉은 따개비바위서 청승떨었지.
그 사내 딴 살림 냈다가 병 읃어 온 걸
그래도 서방이라고 수발하다 죽이고 나서,
증말 달라졌어 저 봐 조합사람을 웃겼네.
쪼은 굴 많으면 전표가 여러 장이지만
한 장 쥔 옥전네와 나도 깔깔 웃었다.
기왕 이런 거 맘먹고 남긴 굴 한줌은
식구들서껀 오랜만에 밥 비벼 먹자.
우리 시어무니 비린 것을 특히 좋아하셨지.
수건 고쳐 두르고 해거름 굴밭 등지고
여편네들 제가끔 수작하며 걷는 길.
내일은 임시 조합장이 방아머리서 선단다.

연   안

피난 시절 헤어졌던 남편 만날 적에는
인천 항구는 기껏 통통배가 뽐냈네.
요새는 앞바다에 산만큼한 배들이 떴다.
송도 쪽에도 그것들이 있지만
월미도와 팔미도 부근은 진을 쳤어.
육지 모습도 예전보다 딴판으로 바뀌어
집들이 훌쩍 큰데다, 달아나는 차들 봐라.
세월이 흐르면서 저렇게 모두 줄달음해
이를테면 금자네꺼정 예서 터잡았는데
섬 생활 십수년에 우리만 묶인 느낌이야.
피난 시절 한때를 남편과 함께 살면서
지지고 볶은 여긴, 그래서 더 착잡한가.
영종도를 기계배로 잇는 만석동 연안은
소금배와 고깃배들이 드나드는 어시장.
오늘은 영구네랑 소금배에 실려 와
낙지 몇뭇 판 걸로 막걸리 한잔씩 했다.

바위너설

미친 시누가 죽은 날은 진눈깨비가 왔지.
바닷가 보리수벼랑 아래서 찾은 시체는
여러 날 파도에 밀린 흔적이 역력했어.
어무니는 미친 이 성화로 혼자 살 곳 지었던
굴속 같은 어룩골 움막을 우시며 불살랐어.
그해 여름, 동부콩 익는 그곳 지나
나는 영구네 옥전네랑 잡어잡이를 갔다가
그물에 걸린 여자 고무신 한짝을 발견했다.
시체를 덮은 거적때기는 이미 치웠고
조사 나왔던 홍순사와, 시누 아들도 없는데
시선이 간 바위너설에 누군가 누운 듯 싶드라.
밀물 들어 전어 잡은 중태를 들고 나와
두 번 본 그 자리는 햇살과 나비만 있었어.

물살의 노래

김해김씨 가문 중엔 잘난 이 증말 없었네.
자랑으로 내세울 만한 벼슬아치 하나 안 나왔어.
필부필부로 자식 낳고 그 자식은 후세를 낳고
남들께 그저 해 안 끼치며 제 몫만큼 살았지.
그런 세월 옹진서 대대로 이었으면
화근도 고난도 없었으련만 그렇질 못한 거야.
저것 보게 바다에 저렇게 글썽거리는
아픈 사연 답답한 사연 눈물나는 사정들을.
그중에서 제일 아팠던 일은 내 남편 잃은 일.
평소엔 바다 속 깊이 오래도록 가라앉았다가
저 선재도 돌아 먼 어디쯤 숨어 있다가
불쑥 나타나 나로 하여금 멀거니 섰게 하는 거야.
으면 날은 물결 한올에도 은근히 실려와서
그런 날엔 대개 다른 과거꺼정 줄을 잇던 거였어.
그렇다 왜정 때든 육이오 때든 그 어느 때든
겪었던 자세한 사정을 으떻게 잊을까.
그것들이 줄달아 떠올라 참 허망코 허전해서
눈시울 씻고 버리는 짓밖에 도리 없었지.
서해바다는 그러니께 황해도서부터 내려왔던

112

김해김씨 내력을, 보잘것없이 험한 물살을
저렇게 품고 있다가 노래처럼 내보여 듣게 돼.

뭍으로

을마 안되는 가산을 모조리 정리했다.
집도 팔고 논도 팔고 감자밭도 팔았어.
영등포 밀가루공장에 큰애가 취직을 했고
둘째는 해병대 지원해 입대를 했고,
그렇게 육지 갔으므로 여기 살 이유 읎던 것.
가난한 집구석 제삿날 돌아오듯이
그동안 우리 집은 자자분한 일 또한 총총했지.
그런 거 막음하느라 재산은 못 모으고
쌀 팔아 밥짓는 거 꼐는 나날뿐이었어.
서울서 친구 묻어 내려온 막내 시누 부부가
몇달 묵을 동안엔 장리쌀 빚 꽤 졌다.
그들 힘으로 하여간에 큰애 취직은 된 게야.
막내꺼정 인천서 혼자 자취를 하므로
그런 정황에 아예 대부도를 뜨기로 했던 거네.
십여 성상 예 살며 사람들에게 받은 건
수모와 비웃음이지만 칭찬도 있었더구나.
집안 꼴 우습게 돌아가면 손가락질했지만
중학교에다 고등학교꺼정 막내를 보낼 적엔
비웃음 속에 섞인 부러움을 보았던 거야.

그런 거 저런 거 몽땅 묻자꾸나……
사람 사는 어디든 마음붙이면 거기가 터전
어수선한 기분 버리고 뭍으로 가야지.

속 사 정

참 그렇다 내가 처음 파도를 봤을 적엔
낯설고 두려웠지만 호기심도 한켠에 있었지.
그걸 앞지른 두려움이 나를 떨게 한 거야.
어른이 되어서 바다 복판에 이르러
두려움 낯설음 호기심은 얼추 사라졌는데
신기도 하지 그것들 빈 자리에 다른 게 살아.
그걸 뭐라 할까 아픔이랄까 고통이라 할까.
단순히 그렇게 단정하면 안되는 까닭은
보는 일과 겪는 일은 다른 걸 알고부터야.
바다의 수심이란 게 어찌 어디든 같으랴.
그런 곳에서 생긴 바람이며, 풍랑은
비슷한 듯싶으면서 부딪치는 차이가 묘했어.
하늘 걷는 저 새털구름처럼 찢어졌다 합치고
또 갈라져 몇놈은 산을 넘는 속사정처럼.

서   해

서해안을 개발한다는 소문 은젠가 돌더니
탄도를 이어 서신 쪽으로 벌써 길 났다.
피난 이래 사십년 넘은 대부도는 그러면
머잖아 중국 사람도 몰려오겠네.
그래서 유골을 캐 풍장 하거니,
봐라, 어룩골 뒤편은 공사장 생겼고
남편 묻혔던 산은 허물어 공장 짓는단다.
상전벽해란 말, 눈뜨고 실감하는 참이야.
생각하면…… 우린 여지껏 땅 한평 못 가졌지.
남의 애 낳아주고 받은 논 서마지기와
자갈산 일궈 가꾼 장난감 같은 밭 두엇.
그거나마 이주할 때 팔고, 그걸로 끝이었어.
마음먹기로 치면 어디쯤 내려가서
못자리 몇평 못 구하겠냐만 부질없는 짓이다.
연평도 덕적도…… 거기다가 대부도가
서해바다 가운데서 서해바다 주변에서
도망 않고 꼼짝 않는데 우린들 또 쫓기랴.
당신 생전 쫓기다 하늘 올라 구름 됐으면,
여길 보면서 이제부턴 뜻대로 흐르시기요.

이 세상 어머니들의 아픈 노래

윤 요 성

무소식이 희소식이라지만, 그런 말에 속아넘을 세태는 이제 아닌 듯합니다. 뭔가에 절치부심하거나 단단한 각오를 했을 때 갖는 은밀하고 알찬 공백기간을 저쪽 편에서는 무소식이라고도 하겠는데, 어디 세상이 긍정적 추측을 쉽사리 갖도록 해야 말이지요. 희소식이든 '알찬 소식'이든 그것들 대신 '걱정'을 먼저 하는 시절이 되고 말았습니다. 각박해진데다 어지러운 세상이 돼놔서, 그런 세상에 섞인 저 양반이 잘 지내고 있는지 넘어지고 자빠지느라 눈코 뜰 새 없어 소식 줄 힘을 아주 잃은 것은 아닌지, 하는 부정적 상상을 갖게 되는 것 아니겠습니까. 이런 태도는 결코 바람직한 게 아닐 터입니다. 그래서 저 혼자만 지닌 인스턴트식 편협일 뿐이길 애써 다짐해봅니다만, 하여튼 그런 생각 저런 기분이 수시로 얽히던 중에 형의 전화를 받았습니다.

글의 초입부터 무소식이 어떠니 저떠니 했거니와, 사실 저는 형의 전화를 받고 시집 발문을 쓰라는 명령 아닌 명령을 받은 셈인데 금방 저런 것들이 떠올랐던 것입니다. 생각해보면 형은 일년 전 출간을 위한 시집 원고를 이미 완성하지 않았던가요.

그후의 한동안이 무소식이어서 은근한 걱정이 들었었지요. 형의 현 상황이 어떻게 돌아가고 있는지 자세히는 모르지만 참 힘들어하시는 것 같다는 느낌을, 이런저런 데서 주워본 어렴풋한 정황을 통해 받던 차였는데, 어쨌거나 전화를 받고 저런 것들을 떠올린 다음으로, 한편 몹시 반갑고 또 한편 조금은 아쉬운 마음을 함께 가졌던 것입니다. 기다리던 형의 글을 드디어 정식으로 읽겠구나 해서 반가웠으며 '책으로 묶여 나왔노라'는 소식이 아니었기 때문에 생긴 아쉬움이었어요. 거기다가 저로서는 뜻하지 않은 발문 얘기를 꺼내셨을 때, 잠시 난감해지지 않을 수 없었습니다.

보고 싶으면 언제든지 만날 수 있는 인연만도 즐겁고 소중한데 발문이라니. 개인적으로 더할나위없는 보람이지만 선뜻 대답을 못했던 것은, 이번 시집에 거는 형의 애정이 특별할 거라는 까닭 때문입니다. 형이 지금까지 발표한 기왕의 시집들엔들 애정이 왜 없겠으랴만 더 유별나실 듯해서, 그런 형의 속을 잘못 헤아린 발문으로 누되게 할지 모른다는 걱정이 앞섰던 거였지요. 그러나 어차피 형의 뜻이 이미 제 쪽으로 굳었고, 우물쭈물한들 소용없는 짓이 되고 말았습니다. 더군다나 주변에서 가장 가까운 사람 중 하나가 저라는 말을 직접 형이 하셨을 때, 그 말이 어찌나 정겹고 좋았던지요.

기억하기로, 형은 지금까지 세 권의 시집을 세상에 내놓았습니다. 첫시집 『이슬 속의 새벽』 이후 『술래의 달』과 『잃어버린 영혼을 위한 서시』가 그것들이지요. 이번에 『어머니』를 상재함으로써 네번째 시집이 됩니다만, 이 시집 원고가 탄생되기까지의 과정을 저는 대략 아는 터입니다. 형의 뒤를 '대략' 따라다녀서가 아니고 함께 만나 얘기 나눌 때 들은 내용들을 이것저것 모아봤더니 알고 있다는 말이 쉽게 나옵니다.

서해안 일대와 그 앞바다가 '시화지구 개발사업'이란 이름으로 개발이 착수된 해가 언제라 했던가요. 그해였던가 그 이듬해였던가, 형은 어렸을 때 살았던 대부도를 갔던 것입니다. 대부도 역시 개발 대상에 포함돼 있어서 거기 묻힌 아버지 묘소를 옮기지 않으면 안될 입장이었어요. 그리고 형은 6·25가 끝날 무렵 돌아가신 아버지의 유택을 열고 추스른 유골을 서해바다 한가운데다가 다시 모셨던 것입니다.

짐작컨대, 형의 시집 『어머니』가 나오는 데 따른 첫출발은 여기서부터가 아니었는지요. 섣부른 대로 그렇게 짐작해보는 것은, 서해바다에 아버지 유골을 모신 직후로 추정되는 시기부터 형의 활동이 어딘가 모르게 의심쩍었기 때문입니다. 의심쩍었다는 표현은 좀 이상하고 아무튼 예전 같지 않았다는 것만은 틀림없었습니다. 그 증명은 우선 세번째 시집인 『잃어버린 영혼을 위한 서시』 이후 형이 해온 작품활동이 어떠했는가로도 나타나는 것 아닌가요. 『잃어버린 영혼을 위한 서시』가 만들어진 1991년을 놓고 보면 이제 세상에 나올 『어머니』와의 햇수 거리가 상당히 멉니다. 그러니까 저는 형이 대부도 갔던 해를 1991년 전후로 일단 삼아봅니다만, 그무렵 이후 형은 작품활동에 제동이 걸린 듯했습니다.

1988년에 시 동인 '창변'을 결성하고 그 모임을 이끌어오시며 보여준 형은 모범적이었지요. 말보다는 웃음으로 웃음보다는 '담담한' 무언이 더 많았습니다. 그래서 모범적이었다는 게 아니라, 저런 모습 뒤로 얼비치는 은근한 믿음이 형에겐 있던 거였어요. 그것의 구체화가 바로 1, 2년 동안에 부지런히 발표한 산문과 시집들이었으며 그런 착실한 '실적'과 마침내 어울리는 어눌하면서 명료한 조언이, 형의 진면목을 받쳐줬던 것입니다. 동인 식구들은 명료한 조언이 하 뜸해서라도 반갑고 귀했던 거

였구요. 그랬던 형이 대부도 갔다온 이후 보여준 미진한 작품활
동은 다소 형답지 않다는 느낌을 받기에 충분하지 않을 수 없었
습니다. 그러나 그런 느낌과는 별도로 저는, 이즈음 저 형이 무
언가 다른 작업에 골몰하고 있을 거라는 믿음도 함께 갖지 않았
겠습니까.

　형이 대부도를 다녀온 계절을 장마가 한창이던 7월로 알고 있
는데, 거기서부터 일년이 흐른 7월인가 8월에도 형은 갔습니
다. 그러고는 이백여 장이나 되는 사진을 찍어 왔지요. 사진들
은 물론 대부도의 여러 군데였습니다. 산이며 밭 등, 온통 그런
것들뿐이어서, 속 모르는 사람이 들여다보기에는 아까운 필름
만 축냈다는 생각이 들 정도로 무의미했어요. 그러나 형은 그렇
지 않았을 터입니다. 사진들은 언뜻 스치기로 그게 그것이긴 했
지만 자세히 관찰하면 모두 다르다는 걸 알게 됩니다. 마을 전
경이 있는가 하면 토담 밑의 토마토밭이 있고 무궁화 울타리에
둘러쌓인 학교 건물이 있습니다. 면사무소 진입로며 썰물때의
갯펄도 있었지요. 어떤 사진 속에는 불도저로 잔뜩 깎인 산이기
를 포기한 산도 들어 있지 않았던가요.

　형이 대부도와 관련한 글쓰기에 정작 진입한 것은 이 시기로
부터도 훨씬 지난 1995년으로 저는 압니다. 그해 정월쯤부터
만들기 시작한 원고가 그해 늦봄에 탄생되었지요. 그리고 형은
이내 책으로 묶을 생각을 했던 듯싶습니다. 말하자면 그 원고는
지난날 찍어온 사진들이 바탕 된 게 아니던가요. 그러나 아무래
도 뭔가 충분치 않으셨던지 선뜻 어떻게 하지는 않고 주변을 어
정대는 아무나를 붙잡아다 읽히곤 했던 거였지요. 그 일을 꽤
오랫동안 반복하던 끝에 급기야는 전부 새로 써야겠다는, 난데
없는 말을 하셨으며, 새로 쓴 확정된 원고를 저는 1996년 봄에
결국 볼 수 있었던 것입니다.

형.

형의 시집 뒤에 붙는 발문이란 이름으로 새삼스레 이런 얘기를 꺼내는 것은 시집 내용이 어떠니 저떠니에 앞서, 글쓰기에 들어가기 전 형의 속마음이 먼저 마음 쓰였던 까닭입니다. 그리고 그때의 형의 속마음, 이를테면 대부도의 아버지 유골을 직접 빻아 서해바다 복판에 뿌리던 일이며, 산업이란 맹랑한 물결이 외딴섬에까지 침범했으므로 아프디아팠던 과거가 허망하게 사라져버린 것에 대한 마음 따위를 조금이라도 건드려드릴 수 있다면, 그것만으로 발문을 대신해도 되겠다는 셈이 문득 들었던 거였지요. 시집 『어머니』 내용과는 직접 연관은 없더라도 그런 얘기들이 곧바로 '어머니'를 있게 한 모티브임엔 틀림없었을 터이니까요. 그러나 저의 짧은 소견이며 얕은 생각들로서는 어림없어서 겨우 원고가 나오기까지의 과정이나 지금껏 말하고 말았습니다.

아무러하든 형. 앞뒤 좌우 제쳐놓고 저는 네번째가 될 형의 이번 시집을 아주 특별한 것으로 분류하지 않을 수 없다는 확신부터 결론적으로 해드려야겠습니다. 앞서 드린 말이지만 형으로서도, 이번 시집에 거는 애정이 특별할 거라는 데 대한 이유가 그래서 있는 거였어요. 그리고 그 이유는 이번 시집을 보는 움직임이 어쩌면 저하고 같을 거라는 까닭에 감히 드린 말이지요. 누구든지 과거는 있게 마련입니다. 어렸을 적이든 어느땟적이든 흘러간 시절은 과거가 되는 것인데, 그 과거가 어떤 내용인가에 따라 사람의 저 속에 오래 남기도 하고 그러는 것 아닌가요. 사십 중반을 넘은 형으로서는 대부도에의 어릴 적이 있어 그 기억들을 글 속에 모았으니 일차적으로 특별한 게 됩니다. 그리하여 읽는이로 하여금 가슴 두드리게 하는 파장을 주고 있으니 또 특별하구요.

저는 지금까지 시 공부를 합네 하면서 또는 씁네 하면서 다른 이들의 시세계도 적잖게 기웃거려봤습니다. 그러나 형의 『어머니』원고 사본을 작년 봄에 얻어 읽은 후 '옳아, 시는 이렇게 쓰는 거야.' 하는 깨달음과 반성을 함께 가졌댔습니다. 깨달음과 반성 뒤의 진짜배기는 무엇이었을까요. 충격이었지요. 언뜻 소설로 다룰 때 더 적합할 법한 소재를 소설 아닌 시로 다뤘다는 데 대한 '특별함'에다가, 편편마다 받은 감동이 바야흐로 넘쳐서, 그 '특별함'이 저의 잠자고 있는 여러 부분을 깨우쳤던 것입니다. 처음 대부도에 관한 시 쓰기에 골몰하실 때, 흔히 접하는 '연작' 정도로 생각했던 저에게, 형은 산뜻한 선물을 느닷없이 주셨더랬습니다. 그게 1995년 늦봄에 뽑아낸 첫 원고였는데, 오랜 사고 끝에 그 귀한 선물을 미련없이 회수하고 다시 제작하시더니 드디어 눈부신 '서해 시편'을 '어머니'의 말을 빌려 완성하셨군요.

형.

형이 계셨던 대부도, 아니 형의 어머님이 계셨던 섬그늘이 이제 활짝 벗겨지겠습니다. 그리고 형의 어머님은 모처럼 웃으시겠어요. 시집 첫장을 열면서부터 펼쳐지는 '풍장 길'이 형의 어머님을 그렇게 안하시고 못 배기도록 했으니까요. 슬퍼서 아픈 일은 당장 고통이더라도, 그렇게 해서 생긴 과거를 정면으로 보며 나눈 악수는, 어떻게든 피하려거나 억지로 잊고보려는 셈보다 얼마나 아름다운지요. 더군다나 「풍장 길」 다음으로 연달아 이어지는 80여 시편들이 그 아름다움을 더욱 받쳐주고 있으니 어찌할까요. 어떻게 보면 세상의 모든 어머니들이 꽁꽁 감췄던 유장한 이야기를, 이를테면 아래와 같은 이 시집 속의 '물살' 이야기를 숙연하게 '비로소' 듣는 듯한 기분이 드는 것 또한, 저 혼자만 갖는 감상만은 아닐 터입니다.

123

김해김씨 가문 중엔 잘난 이 증말 읎었네.
자랑으로 내세울 만한 벼슬아치 하나 안 나왔어.
필부필부로 자식 낳고 그 자식은 후세를 낳고
남들께 그저 해 안 끼치며 제 몫만큼 살았지.
그런 세월 옹진서 대대로 이었으면
화근도 고난도 읎었으련만 그렇질 못한 거야.
저것 보게 바다에 저렇게 글썽거리는
아픈 사연 답답한 사연 눈물나는 사정들을.
그중에서 제일 아팠던 일은 내 남편 잃은 일.
평소엔 바다 속 깊이 오래도록 가라앉았다가
저 선재도 돌아 먼 어디쯤 숨어 있다가
불쑥 나타나 나로 하여금 멀거니 섰게 하는 거야.
으떤 날은 물결 한올에도 은근히 실려와서
그런 날엔 대개 다른 과거꺼정 줄을 잇던 거였어.
그렇다 왜정 때든 육이오 때든 그 어느때든
겪었던 자세한 사정을 으떻게 잊을까.
그것들이 줄달아 떠올라 참 허망코 허전해서
눈시울 씻고 버리는 짓밖에 도리 읎었지.
서해바다는 그러니께 황해도서부터 내려왔던
김해김씨 내력을, 보잘것읎이 험한 물살을
저렇게 품고 있다가 노래처럼 내보여 듣게 돼.
                                  ——「물살의 노래」전문

후 기

　대부도는 황해도에서 적수공권으로 내려온 우리 가족이 피난 길을 마감한 곳이다. 인천 앞바다에 흩어진 여러 섬 중 하나인 여기서, 우리는 십여년을 살았다. 오막집 지어 얼마쯤 살다 아버지를 잃었으므로, 가솔을 혼자 챙겨야 했던 어머니의 생활은 그만큼 험했고 고단하셨다.

　이 시집은 그때의 생활 속에서 다룰 수 있는 것들을 뽑아 나타낸 글이다. 연대 순으로 배열하고 정황을 사실화하느라, 저절로 이야기 형식이 된 셈이다. 시를 쓰며 나는 줄곧, 화자로 모신 어머니의 평생을 새삼스레 떠올렸음은 물론이지만, 착한 큰형, 작은형 생각도 많이 했다. 이 시집이, 그 시절 어머니 마음을 백분의 일이라도 읽은 것이 된다면 얼마나 좋을까.

　시집 만드느라 애써주신 창작과비평사의 여러분께 감사드린다. 신경림 선생님 시집 『쓰러진 자의 꿈』에서 「담장 밖」을 읽은 여운은 큰 도움 되었다. 송기원형이 주신 마음의 선물, 잊지 못하리.

1997년 6월 상계동에서

김　선　규

창비시선 164
어 머 니

ⓒ김선규 1997

지은이/金善圭
펴낸이/김윤수
펴낸곳/㈜창작과비평사

1997년 7월 10일/초판 인쇄
1997년 7월 15일/초판 발행

등록/1986년 8월 5일 제10-145호
주소/서울 마포구 용강동 50-1 우편번호 121-070
전화/영업 (02) 718-0541, 0542
편집 (02) 718-0543, 0544
독자관리 (02) 716-7876, 7877
팩시밀리/영업 (02) 713-2403
편집 (02) 703-3843
전산조판/동국전산주식회사

ISBN 89-364-2164-6 03810
＊책값은 뒤표지에 표시되어 있습니다.